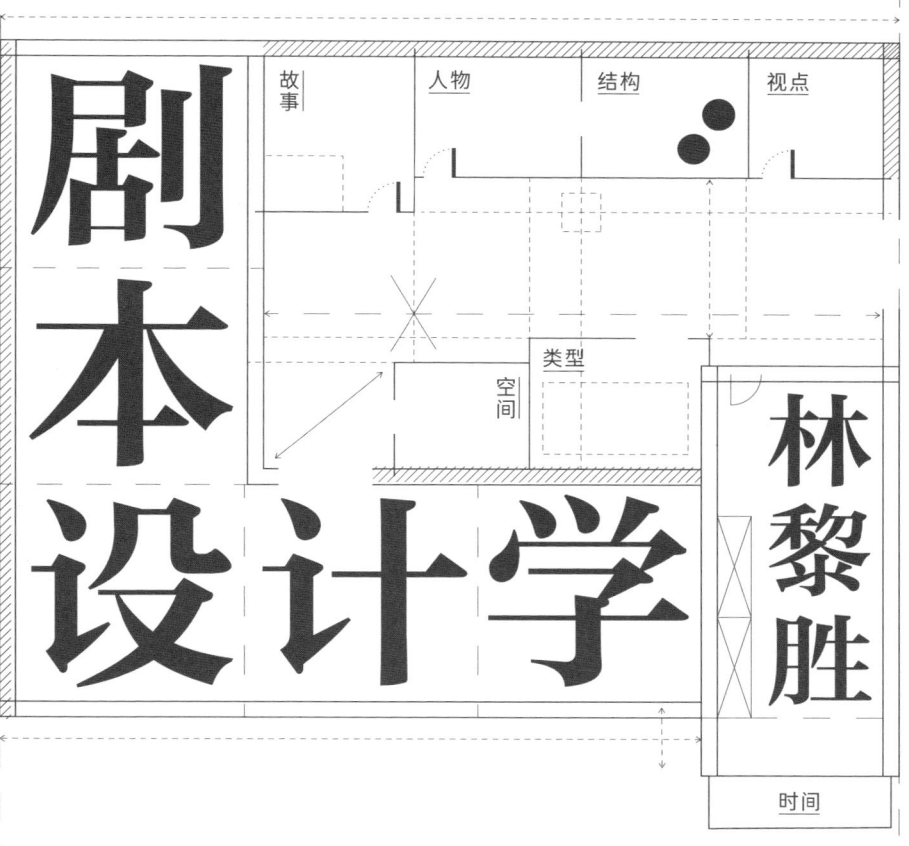

剧本设计学

林黎胜

后浪电影学院167

北京联合出版公司

目 录

前言 编剧——剧本设计者 …………………… 7

第一章 故 事

讲故事是电影的本质 …………………………… 2
故事的构成 ……………………………………… 10
 事 件 ………………………………………… 11
 情 节 ………………………………………… 14
 主 题 ………………………………………… 22
寻找故事 ………………………………………… 24
 故事的方向 ………………………………… 24
 了解自己 …………………………………… 25
 选题决定故事成败 ………………………… 26
故事是一个自给自足的世界 …………………… 27
 故事是生活的比喻 ………………………… 27
 故事比历史比现实更真实 ………………… 29

故事永远是超现实的想象世界………………………… 30
　小　结………………………………………………………… 31

第二章　人　物

设置人物……………………………………………………… 38
　　设置人物的维度：扁形与圆形………………………… 38
　　建立独特或极致的人物性格…………………………… 41
　　设置人物的缺陷………………………………………… 42
　　人物的主动性、戏剧性需求及"第二自我"………… 45
　　人物的压力及选择……………………………………… 50
　　人物的转变……………………………………………… 52
剧本中的角色与人物关系…………………………………… 55
　　角色类型………………………………………………… 56
　　英雄角色与周边其他人物的关系……………………… 65
　　如何建立一个故事中的人物关系……………………… 69
塑造人物的手段……………………………………………… 71
　　人物的出场……………………………………………… 72
　　规定情境………………………………………………… 75
　　人物的冲突……………………………………………… 79
　　人物的动作……………………………………………… 81
　　人物的语言……………………………………………… 82
　小　结………………………………………………………… 93

第三章 结 构

剧本的构成元素 ··· 102
    幕 ·· 102
    段 落 ·· 104
    场 景 ·· 106
    画 面 ·· 108
剧本的结构方法 ··· 110
    线性剧本结构 ·· 110
    非线性结构 ··· 116
    意识流结构 ··· 127
结构剧本的几个关键 ······································· 128
    中心事件与人物 ···································· 128
    四种结构电影的方式 ······························ 131
小 结 ·· 136

第四章 视 点

视点作为创作技法 ·· 142
    剧本信息控制：聚焦方式 ························ 143
    旁白与人称叙事 ···································· 156
作为"思想态度"的视点 ································· 165
小 结 ·· 170

第五章　时　间

故事时代语境 ··· 174
　　时势造"故事"：陌生化与怀旧 ··············· 175
　　年代鸿沟的跨越：认同与影射 ················· 177
从故事时间到叙事时间 ····························· 179
　　时间的选择 ···································· 180
　　时序：对叙事时间的前后顺序进行安排 ········· 185
　　时距：叙事的速度与节奏 ······················ 193
　　剧本中要注意的时间设计 ······················ 200
小　结 ··· 202

第六章　空　间

选择故事发生的空间 ································ 206
　　大空间（故事发生地）的选择 ·················· 206
　　小空间（具体场景）的决定 ···················· 213
空间参与叙事 ······································· 217
　　空间形成隐喻 ···································· 217
　　空间形成人物压力 ································ 221
　　空间形成人物关系 ································ 223
　　空间形成节奏 ···································· 225

剧本的画面感 ·· 225
    文字对空间的描绘是"无能的" ················· 225
    剧本是具象的图纸 ······························ 227
    剧本设计者的空间方位感：空间围绕视点建置 ········ 229
小　结 ·· 231

第七章　类　型

五种剧本类型 ·· 237
    事件类型 ·· 237
    人物类型 ·· 239
    人物关系类型 ···································· 247
    史诗类型 ·· 252
    情绪类型 ·· 254
小　结 ·· 257

后　记 ·· 259
出版后记 ·· 263

前言　编剧——剧本设计者

对电影剧本的所有描述中，最错误的莫过于：电影剧本具有文学性，写电影剧本是一个类似文学创作的过程。

对电影剧本最恰当的比喻是建筑设计中的图纸。写剧本是一个综合设计的工程。这个工程不是灵感横飞的产物，而是经过仔细计算，对未来影片的光影、表演和声音等进行细致想象，并在两个小时左右的框架内，建造出一个自给自足想象世界的过程。

基于这样的理解，我给创作剧本的过程定义为设计，而并非写作。

电影剧本从来只存在于编剧的想象之中，并不存在于可见的文字之上，就像建筑从来不存在于图纸之上一样。电影剧本跟建筑图纸一样，本身并没有美学意义。电影剧本唯一的意义，就是拍成电影，就像图纸存在的意义，是形成建筑。

没有拍成电影的电影剧本，就是一堆文字废品。没听说过建筑图纸没有形成建筑还有什么存在意义。

所以电影编剧像建筑设计师，重要的不是灵感的写作，而是理性的设计。设计中间会有灵感的存在，但统治这一过程更多的是艰苦的工作及计算。编剧应该像建筑师一样控制着情感的源泉及去向，精密计算着未来电影的框架与节奏。

电影剧本的文字强调逻辑性、直观性及可呈现性。文字的文学表现力实际上已退居第二位。对于编剧来说，应更重视文字上的两种能力，第一是白描能力，第二是将台词生动化的能力。可以下一个粗暴的结论，电影剧本中如果有文学性，那主要也是体现在人物台词上的。按罗伯特·麦基（Robert McKee）的说法："故事天才是首要的，文学天才是次要，但也是必需的。"[1] 但"手艺能将天才推向极致"[2]。

关于电影剧本写作的书，对剧本创作一直存在着艺术化、灵感化和感性化倾向。但我更相信手艺的论调，在悉德·菲尔德（Sid Field）的《电影剧本写作基础》中，他同样指出美国小说家菲茨杰拉德"始终坚信电影剧作是一种技艺（craft），一种可以学习、把握的技艺"[3]。

电影剧本的创作是一门技艺，一门可以学习的技艺。

建筑的形式要服从于功能。设计一个电影剧本要考虑它的功能：商业盈利、影展获奖或者意识形态目的。电影的不同类型以及不同的制作目标，会直接反映在电影剧本的设计上。电影剧本从来都是有目的的创作，并非兴之所至的发挥。

那么电影剧本究竟是什么？

菲尔德总结说："一部电影剧本就是一个由画面讲述出来的故事，还包括语言和描述，而这些内容都发生在它的戏剧性结构之中。"[4]

电影剧本不是私人化的文学作品。一个电影剧本，第一，它是能跟人交流的；第二，它是可以让未来影片按它的形式实施的；第三，它要有获得投资的能力；第四，它应该是全体电影参与者的工作指南。

电影剧本本身要具有魅力，这包括三方面：对投资人的吸引力、对观众的吸引力、对未来合作者包括演员主创的吸引力。适当的文学吸引力有利于剧本更快拍成电影，但绝不能因为追求文学性，而放弃电影剧本的图纸特性。

电影剧本最终的存在形式，只能是电影。电影编剧一直不被认为是纯粹的艺术家，他们的地位也不如建筑师在建筑中那样重要，一个主要原因是电影编剧并没有完成他的作品。剧本设计跟图纸设计一样，是为了最终的电影或建筑。电影剧本跟图纸一样，永远只是半成品，它并非独立存在的作品。电影剧本需要另一个创作者来实施完成，才能成为最终的作品——电影。导演就是那个最终实施者。

这决定了在行业中，电影编剧与导演永远成不了朋友。

单纯创作剧本是一个极端被动的行为，对编剧最负责任的建议是：争取在编剧导演一体化下进行剧本设计。编剧首先要学会编剧创作，更重要的是要具有做导演的能力，即把剧本文字转化成影像的想象力及执行力。

编剧应该设计电影剧本，然后自己按照设计完成现实拍摄。

编剧导演一体化的另一层含义是：如果你当编剧，那你一定得先拥有导演一部电影的能力。与优秀的导演一定会是优秀的编剧一样，优秀的编剧也一定会是优秀的导演。因为在设计一个电影剧本的过程中，编剧应该完成了对这个电影的所有想象，包括画面、声音、表演、剪辑、音乐等一切。

设计电影剧本是一个拥有正常智商的人就能完成的工作，无关智力，有关毅力，当然也有关技巧。本书的目的是想与读者分享设计一个电影剧本的过程。所以在本书中，我在大部分时间里会把编剧称为剧本设计者。

瑞士语言学家索绪尔通过区分言语及语言来研究人类语言现象的符号系统，他认为，言语是个人语言方式，而语言是每个社会成员共同具有的约定俗成的习惯，言语行为只有遵从这种习惯，正常沟通才能进行。人们谈论电影剧作理论，其实也是探究剧作中约定俗成的习惯。

本书分为七章，故事、人物、结构、视点、时间、空间及类型，从这七个方面来讨论电影剧本的习惯，或者说剧本设计理论。差不多一小时可以读完一章，共需七个小时。如果七小时搞不定剧作理论，我认为你可能永远也搞不定剧本写作应该遵从的习惯。

了解完这些基本的剧本写作习惯，立志成为编剧的你要做的只剩下一件事：花大量时间来完善你的写作技巧，发自内心地设计你的电影剧本。无须讳言的是，那将是一个漫长孤独甚至绝望的过程，但当你在银幕上看到你设计的画面如期展现，心情会像丹麦建筑设计师约恩·乌松（Jørn Utzon）亲眼看见他设计的悉尼歌剧院，虽然历史上乌松从来没有亲眼见过悉尼歌剧院。

但这已经无关紧要，设计师乌松早在脑海中幻想过无数次悉尼歌剧院了。同样，电影上映之前，你的电影也早已在作为剧本设计者的你的脑海中完成过无数遍。

虽然最终完成的电影，大多数并非剧本设计者本意。

注　释

1　罗伯特·麦基:《故事》,周铁东译,天津:天津人民出版社,2014年9月第1版,第23页。
2　同上。
3　悉德·菲尔德:《电影剧本写作基础》,钟大丰、鲍玉珩译,北京:北京联合出版公司,2016年11月第1版,第3页。
4　同上,第5页。

✎ 讲故事是电影的本质

《人类简史》的作者尤瓦尔·赫拉利（Yuval Noah Harari）直言：世间一切尽皆故事。国家、民族、货币及宗教等都是故事在人类社会的存在形式，是无实体的"想象的现实"。"所谓'想象的现实'指的是某件事人人都相信，而且只要这项共同的信念仍然存在，力量就足以影响世界。"[1]

赫拉利认为故事对人类的影响是决定性的。智人为什么能够统治地球，是因为智人"能够传递一些根本不存在的事物的信息"，即"想象的现实"。简而言之，智人是最会讲故事的。"'虚构'这件事的重点不只在于让人类能够拥有想象，更重要的是可以'一起'想象，编织出种种共同的虚构故事，不管是《圣经》的《创世记》、澳大利亚原住民的'梦世记'（Dreamtime），甚至连现代所谓的国家其实也是种想象。这样的虚构故事赋予智人前所未有的能力，让我们得以集结大批人力、灵活合作。"[2]

赫拉利进一步认为，人类能够创造城市、帝国还有文明，全在于他们虚构故事的能力。故事成了"人之为人"的关键，被传续下来的世界的本质是故事的。人类文明是靠故事推进的,故事的讲述和聆听成了人类最重要的本能之一。

人类讲故事的历史从史前开始,原始人类在洞穴里是怎么讲故事的? 从电影《2001:太空漫游》(*2001: A Space Odyssey*,1968)中可以看到,人类在有初级沟通能力的时候,就会有讲述事情的能力与欲望。英国小说家 E.M. 福斯特(E. M. Foster)俏皮地说:"按尼安德特人的头骨形状判断,他们就该有故事听了。"³ 而人类文明中的宗教,也是靠讲故事来传播及坚固信仰的。无论是《圣经》中耶稣受难,还是佛经故事中佛祖开悟,都是典型的故事讲述。

考察一下禅宗经典《六祖坛经》,你会发现这完全是一个传奇故事文本。经中讲述六祖惠能如何在岭南闻道,北上湖北黄梅拜弘忍为师,又凭"菩提本无树"偈得弘忍衣钵,受法衣并连夜渡江回岭南,又有东山门下闻讯追索,六祖隐法五年始传法,终成曹溪禅宗正宗。惠能得道的故事完全可以用美国学者约瑟夫·坎贝尔(Joseph Campbell)的《千面英雄》所提出的"英雄旅程"神话理论来解读。坎贝尔式的神话英雄从被冒险召唤出发,进入启蒙历险,得到智者启发,最终成功回归。故事开始的男孩变成一位成熟的英雄,最终回到他的出发地,成为一位启发别人并拯救世界的英雄。《六祖坛经》中惠能的传奇,完全是一次坎贝尔式的"英雄旅程"。可以断言《六祖坛经》是一个故事,一个宗教故事,一个为了弘法而构造的戏剧性故事,本质上与赫尔曼·黑塞的小说《悉达多》有异曲同工之妙。

故事充溢着人类文明的进程,依靠故事方式,人类才构造了文化、民族及国家等想象的现实。至于王后山鲁佐德靠讲述《一千零一夜》苟延性命，或单田芳靠说《隋唐演义》谋生，都是故事讲述者的日常。

　　故事与人类潜意识有着非常紧密的关系，无论是最早的神话叙事，还是当今的各种媒介上的故事形态，又或者人类床榻上的梦境，都与人类的潜意识有着相当紧密的联系。心理学家卡尔·荣格相信所有的人性都在一种超自然的精神层面上连接着，人类的一切信仰都来自这种精神层面所给予的力量。不论个体、族群还是国家，所有人都享有共通性的集体潜意识。存在于民间故事、小说和电影中的各种原型，是对集体潜意识的呈现。原型是所有人都能理解的潜意识形象。

　　神话英雄又是原型的核心，坎贝尔在《千面英雄》中指出英雄有"千种面貌"，因为英雄是自我再现、不断变化的原型。坎贝尔的"英雄旅程"被广泛认为是一种非常有效的故事结构方式，并在大量的好莱坞电影中得到验证。《星球大战》（*Star Wars*，1977）的导演卢卡斯就毫不避讳《千面英雄》对他的启发。如果细心研究《黑客帝国》（*The Matrix*，1999）的故事结构，你会发现，电影不仅自觉借鉴英雄之旅的三幕十七阶段进展，更有意识地对神话叙事进行致敬。

　　《黑客帝国》中，一个过着平常生活的计算机工程师尼奥被智者墨菲斯召唤，开始拯救世界的冒险。起始尼奥完全不相信他的救世主身份，墨菲斯以他的牺牲唤醒了尼奥，作为救世主的尼奥终于打败特工史密斯们，拯救了世界。可以说这是超级英雄故事的佳构模式，此前此后的好莱坞英雄电影的制作，都有意或无意地借鉴了这种英雄之旅的神话形式。

　　这种英雄之旅的讲故事模式简单有效，且有广泛的神话学基础，

电影《黑客帝国》

或者说符合荣格所说的集体潜意识,对于全世界不同文化背景而言都没有故事的接受障碍。每个地域文化都会有类似的英雄故事。好莱坞电影中的英雄只是全世界文化中千面英雄的一面。英雄之旅模式被好莱坞有意识地树立为超级英雄电影的故事原型。

神话英雄故事当然只是所有电影故事的一种。罗伯特·麦基是这样给故事下定义的:"故事能够以人类交流的任何方式来表达。戏剧、散文、电影、歌剧、哑剧、诗歌、舞蹈都是故事仪式的辉煌形式……十六世纪扮演了这一角色的是戏剧,十九世纪是小说,二十世纪则是电影——所有艺术形式的宏伟融合。"[4]事实上,赫拉利关于故事的范畴远不止于此,在他看来,任何被叙述的或者被想象的现实都是故事。故事基本涵盖人类文明的一切形式。

电影只是人类发展到 20 世纪才完善起来的一种交流方式。

《圣经》记述上帝因害怕人类讲共同的语言并联合起来建造可以通往天堂的通天塔(Babel),于是降临人间,让人类开始讲不同的语言,让他们互相难以沟通,通天塔最终没有被建成。上帝在通天塔的故事中成功地离间了人类，但人类并没有放弃沟通的努力，与上帝的斗争千年来一直在延续着。虽然语言不通，但人类通过舞蹈、音乐、图画等方式进行交流。到了19世纪末，又结合技术进步，发明了电影，其根本目的就是为了全方位地交流，或者说更加有效生动地讲述故事，建构想象的世界。

在这个"所有艺术形式的宏伟融合"的电影出现之后，又出现更多的互动交流，比如推特、游戏、弹幕等，这些都是人类建造通天塔的努力。可以说，故事本身就是人类通往天堂的通天塔。亚利桑德罗·冈萨雷斯·伊纳里图（Alejandro González Iñárritu）导演的拼盘式电影《通天塔》（*Babel*，2006），直面人类交流困境，用四个发生在摩洛哥、墨西哥和日本的跨地域故事，来证明人类孤独及交流的无望。故事中，人与人之间、种族与种族之间、国家与国家之间，都存在着无可弥合的鸿沟。但电影并非绝望，最终在那个日本故事中，父亲与哑巴女儿在阳台上相拥，人与人之间有了一种温暖的互动，哪怕仅一瞬间。

人类离不开讲故事。电影的发明及普及，只是讲故事方式的更迭。电影中讲故事的人，其实还像洞穴中的原始人一样，编排、夸张、省略地把故事讲述给他的听众。作为一种宏伟融合的交流方式，讲故事可以说是电影的一种宿命，也是电影的本质。

电影自诞生之初就与讲故事结缘。1895年诞生的早期电影《婴儿的午餐》（*Repas de bébé*）、《火车进站》（*L'arrivée d'un train à La Ciotat*）等都具有故事性，虽然它们只是简单得不能再简单的故事。当《火车进站》式奇观片段渐渐不满足观者对故事的需求后，电影的故事讲述者制作了场景更多、时间更长、线索更丰富的电影，经由托马斯·H. 英斯（Thomas Harper Ince）和 D.W. 格里菲斯（D.W. Griffith）等导演的努力，到了 1917 年左右，电影故事的讲述者发展出了一套电影的讲故事标准，即"古典好莱坞电影"。故事讲述者在电影中建立一条因果叙事链，并将电影的诸多元素引向一个清晰的结局。尽管古典好莱坞体系不断被修正，但这个体系始终致力于将电影的所有元素都容纳在其故事框架之内，即在观众的理解范围之内。这个基本的讲故事体系有效延续至今，在国产电影《西游降魔篇》（2013）和最近的美国电影《银翼杀手 2049》（*Blade Runner 2049*，2017）中继续发挥作用。

格里菲斯的《一个国家的诞生》（*The Birth of a Nation*，1915）是好莱坞第一部高成本电影，由 1200 多个镜头精心剪辑而成，本片所呈现的技术革命和鲜明的种族主义价值观使其在商业上获得了巨大成功，这是古典好莱坞故事讲述的巅峰。然而格里菲斯在 1915 年的电影《党同伐异》（*Intolerance: Love's Struggle Throughout the Ages*）却遭遇滑铁卢，电影沉迷于哲学思考、历史叙事及人性剖析，削弱了故事性，使普通观众看不懂。电影在沟通上失败了，商业上当然也是灾难性的。

至二十世纪五六十年代，故事讲述者越来越热衷于用电影进行哲学、社会学及心理学上的探索，电影故事也越来越心理化及哲学化，电影在商业及普及上出现世界性衰退。一方面由于电视的冲击，另一方面电影内容和表现手法日益追求"艺术性"，电影开始排斥故事，远离普通观众，三四十年代风靡全球的好莱坞电影也一度衰落。直到

70年代，新好莱坞电影的崛起。

新好莱坞电影的故事讲述者，如乔治·卢卡斯（George Lucas）、弗朗西斯·福特·科波拉（Francis Ford Coppola）及马丁·斯科塞斯（Martin Scorsese）等重新强调故事讲述，翻新好莱坞传统电影类型，加入欧洲艺术电影技巧，此后新好莱坞电影又得以享誉全球。

新好莱坞电影的故事讲述者在重构电影世界的同时，采用了更加吸引观众的叙事方式，比如大场面、多线叙事技巧、职业表演及更加传奇的情节等，在强调电影的娱乐功能的同时，也注入欧洲艺术电影中的人性及哲学思考，如马丁·斯科塞斯的《出租车司机》（*Taxi Driver*，1976）、弗朗西斯·福特·科波拉的《教父》（*The Godfather*，1972）系列等。在这些新好莱坞电影中，故事的精彩讲述无不被放在首要位置。

自此故事再度统治了电影，讲故事本身甚至成为有些电影的意义所在。最具代表性的是美国导演昆汀·塔伦蒂诺（Quentin Tarantino）。从他的处女作《落水狗》（*Reservoir Dogs*，1992）中的橙先生开始，昆汀电影中无论什么人物，都在絮絮叨叨地讲故事。昆汀经常通过人物讲故事来将电影拼接起来。讲故事的人物在创造故事的同时又展现故事。拥有讲故事能力的人物往往成为控制局面的角色，如《落水狗》中的橙先生，《无耻混蛋》（*Inglourious Basterds*，2009）中的上校汉斯。他们都通过讲故事掌握叙事力，决定其他人物的发展及故事的走向。昆汀的故事虽然讲得荒诞不经，却常让人有强大的信任感，在特定的情境下有一种极度合理的幻觉。昆汀以他超水平的讲故事能力，再一次证明了那句名言：重要的不是故事，而是故事的讲述。

电影《无耻混蛋》开头段落

《无耻混蛋》开头段落是讲故事教科书式的范例。一名德国纳粹军官竟然可以用讲故事的方式,把一名同情犹太人的法国人说哭了并自觉泄密。讲故事者显示出无上的能力,控制事态的发展,把故事引导至他需要的结局。

昆汀 1994 年的电影《低俗小说》(*Pulp Fiction*)在世界电影中掀起了一场讲故事的革命。昆汀从《落水狗》开始重新安排电影的故事时间,这种能力在《低俗小说》中得到了更精妙的发挥。这种冲破"时间引力"的电影,在 1994 年马其顿导演曼彻夫斯基的《暴雨将至》(*Before the Rain*)和中国香港导演王家卫的《东邪西毒》中也有体现。《低俗小说》的块状结构、《暴雨将至》的圆形循环和《东邪西毒》的碎片化叙事,极大地冲击了当时主流的故事讲述方式。这三部电影在美国、欧洲及中国香港的同一年出现,标志着电影的故事讲述真正全球性地摆脱"时间引力"。正像《东邪西毒》的英文片名"Ashes of Time"一样，时间也在故事中成为灰烬，故事摆脱了时间的重力枷锁。时间拥有生命，自我存活于故事世界之中。

1994年是电影讲故事方式革命性的一年。

评价一部电影的首要标准就是讲故事。如果一部电影故事都讲不好，不管它有多大的哲学思考还是人生体悟，它都不是真正意义上的好电影。无论何种状况之下，电影都需要叙述一个生动的故事。

讲故事是电影的本质，也是电影的宿命。人类需要通过电影来讲故事，重造通天塔以通往天堂。而剧本设计者，是设计通天塔图纸的人。

故事的构成

故事是由一系列有时间和逻辑关系的事件组成的。剧作理论家威廉·M.埃克斯（William M. Akers）说："我最喜欢的关于故事的描述，引自斯考特·梅雷迪恩的《写来卖》(*Writing to Sell*)：一个能引起共鸣（或引人注目）的主人公发现自己身处于某种麻烦之中，他做一些积极的努力试图摆脱这麻烦，然而他的每一次努力，只能让他陷得更深，而且一路上他遭遇的阻碍也越来越大。最后，当事情看起来好像最黑暗无望的时候，主人公好像就要玩完了的时候，通过他自己的力量、智慧或者机灵，他终于设法摆脱了麻烦。"[5]这个故事定义几近完整，也遵循好莱坞商业电影的黄金法则，武断但不无道理。论者提及故事需要一个主人公，需要让主人公处于麻烦事件之中，主人公需要行动再行动,事件最终得到解决。当然并非所有的故事都遵从这个原则,但大多数故事都拥有这些要素:人物、事件、情节、主题等。

事 件

讲一个故事其实是在叙述一些被组织起来、发生在某一时间内的事件。这些事件需要有时间上的联系,也有逻辑上的因果。一个事件必须引发另一个事件,或者说一个事件与另一个事件必须有意义上的联系。

在波兰斯基(Roman Polanski)的电影《钢琴家》(*The Pianist*,2002)中,1939 年,德军进攻波兰时,钢琴家席皮尔曼在广播电台工作。身为犹太人的席皮尔曼被投入集中营。他在友人的帮助下从集中营脱逃,并在德据波兰到处隐身,苟延生命直至战争结束。席皮尔

电影《钢琴家》

曼在"二战"中六年所经历的这一系列事件，都有时间及逻辑上的关系，这些事件构成了一个关于历史中个人的电影故事。

张艺谋的电影《活着》(1994)讲述了嗜赌成性的福贵如何从阔少败家，至内战被抓俘，好不容易一家团圆，却历经"大跃进"及"文革"，亲人一个接着一个离他而去，福贵却像微尘一样苟活着的故事。与《钢琴家》一样，《活着》故事中的一切事件都围绕着主角，可以说是福贵的编年体传记。

在这两部电影中，事件都显示了密切的时间及逻辑上的因果性。故事因这种紧密的时间性与因果性而显具完整性。有些电影有事件但没有故事，那是因为它们往往把毫无关联的事件放到一起。事件一旦没有时间上的联系，或者没有一个共同的主题，或者没有因果的逻辑，那么它就不构成一个故事。电影是需要事件之间的逻辑性的，不管它是被推断出来的，还是被表现出来的。

由于电影时长的限制，电影故事中的事件都是被精心挑选的。好的电影故事中，事件总是会传递尽可能多的信息。不同于生活中的事件，故事中的事件需要"意义"。

每个故事需要一个引发事件。"所有的文学作品其实都是讲述两类故事：'一个人踏上未知旅程'和'一个陌生人来到平静小镇'。所谓引发事件，就是这个人踏上旅程或者那个陌生人走进小镇。"[6]如《钢琴家》的引发事件是德国进攻波兰，《活着》的引发事件是福贵终于把家里的大宅输给龙二。引发事件让主人公失去原先生活的平衡，并把人物送上一条不归路，主人公在这条不归路上，通过自己的积极行动，寻找到一种新的平衡。这是最常见的故事模式。

事件推动故事发展。或者故事沿着引发事件被推向前方，比如《夺宝奇兵》(*Raiders of the Lost Ark*，1981) 中印第安纳·琼斯教授拿到了通往下一目的地的宝物；或者故事被"钩"向一个完全相反的方向，比如《霸王别姬》(1993) 中出逃戏班的儿时程蝶衣——小豆子来到戏院看到名角的演出，之后决定回到戏院，尽管他要面对的是师父严厉的责罚和惨无人道的训练。

电影中，每一个事件其实都意味着变化。没有变化的事件构建起来的逻辑链是静止的，没有得到新信息的观众对故事的进展会感到乏味。故事往往需要许多事件，也就是许多变化，来丰富自身，但故事中的事件又必须是适量的。许多电影剧本让人看起来乏味的原因，就是它们往往拥有大量不当且无用的事件。剧本设计者的重要才华之一就是对大量的事件进行甄别式的选择。

菲尔德认为，每一个故事都需要两个最重要的事件：引发事件和关键事件。"引发事件使得故事得以运转，而关键事件则是将故事建置起来，由戏剧性前提实行。如果说关键事件是故事的核心，那么所有的一切——动作、反应、想法、记忆或闪回——都是系统在这个事件的周围。"[7] 事实上故事中永远不仅仅是这两个事件，而会有更多的事件，充当故事中的不同目的，或为塑造人物，或为揭示意义。

故事中既要包含表现出来的事件，也要包含能够推测出的事件。比如《北京遇上西雅图》(2013) 中，女主角刚出场勒紧肚子过美国海关的事件，向观众暗示可能在她身上发生过的某些事件。如何让浮在水面上的冰山这样的事件更有吸引力，有时候还得看隐藏在水面下的冰山这样的事件。故事永远需要水面下的冰山这样的事件。事件都需要有根据，同时还要有发展。《通天塔》就是表现出来的事件和隐藏的事件整体构成的一个故事。

故事就是通过结构的方式，把事件组装起来，促使人物变化，并显示意义。

情　节

电影剧本中的故事由很多事件构成，事件之间的关系构成情节。情节指的是事件之间的逻辑和时间关系。设计剧本的时候，编剧需要思考：要讲一个什么故事？大概会有哪些事件？这些事件中哪个是引导性的，哪个是关键性的？一个事件与另一个事件如何产生情节关系？

菲尔德指出："情节点的功能非常简单：它推动故事向前发展……如果将电影剧本看成是一系列的故事点或故事进程，故事线开始于开端，结束于结尾，无论以线性的形式……或是以非线性的形式。"[8]而情节线是这些叙事单元构成的序列，包括场景序列构成段落，段落序列构成幕或者板块，幕或者板块的序列构成电影，情节线则表示序列的递进关系以及情节强度。

绝大多数电影以三幕为建构方式，如《末路狂花》(*Thelma and Louise*，1991)、《唐人街》(*Chinatown*，1974)、《泰坦尼克号》(*Titanic*，1997)；一些电影以板块为建构方式，电影被划分为不同的板块，如《低俗小说》、《爱情麻辣烫》(1997)、《杀死比尔》(*Kill Bill : Vol.1*，2001)；一些电影没有严格意义上的三幕，也没有板块，这些电影可能是按照时序而非因果来进行事件的组织和罗列的，如《活着》，或者说一些电影在根本上与经典叙事呈现完全的"反动"态势，如《去年在马里昂巴德》(*L'année dernière à Marienbad*，1961)。

无论如何，除了反情节电影，在一个完整叙事的内部（三幕式线性电影、板块式电影中的某板块），无论场景还是段落的排序，都力图构建引人入胜的故事曲线，它将是"一个向导，一个方向——一条从开始到结束的发展线。你需要一个故事线"[9]。

情节推进

在故事的推动因素中，常说的因果是情节顺着生活中的逻辑往下发展的，但是在有些情况下，情节不是完全按日常逻辑发展的，而是奇兵突出。在有情节关系的上下事件中，下一个事件往往是上一个事件的合理结果，但经常又出人意表。

比如上一个事件是一个人受命去杀人，如果按照常规来讲，就是这个人把要杀的人杀掉，而出人意表指的是不但没杀，反而被要杀的人给杀了。在情节推进中要做两件事：第一，先想 N 个事件；第二，想想用什么把它们连起来。一个事件应该有自己的生命力，它自然会引导出另一个事件。一旦一个事件不是自然而然被引出的，或者不能自然而然地引出下一个事件，那么我们可以说这个事件不具有情节性。

当然有时也会出现很有趣的现象，有些不具情节性的旁枝末节反而会丰富故事的真实性。我们可以用数学的方式来推算及设计一个电影剧本，但不能完全依靠这种方式，原因在于电影故事往往需要毛边，需要生活的真实性。

情节的推进是否强烈跟一个故事的调性有关。有些电影强调情节性，但有些电影强调情绪性，事件呈现时间上的接续关系，而不是因果逻辑关系。但是无论如何，故事都需要情节性，很难想象一个完全没有情节的故事。完全没有情节的故事不叫故事。

故事曲线的构建需要不断转折，转折在于人物的期待与现实之间的落差。转折带来故事价值的变化，原有阶段性目标失去的同时会引导出人物新的阶段性目标。转折中，新的信息带来新的悬念，引导观众的好奇。

麦基强调"期望与结果的鸿沟"，这道鸿沟构成了转折："把他的外在时运、内心生活或二者，在观众所了解的押上台面的价值里，同时从正面转向负面或从负面转向正面。"[10]

观影过程中，观众会对故事产生期待视野。所谓情节的进展，其实就是让观众在视野满足或不满足之后，提出新的期待视野。在电影的世界里，没有平白无故的获取，没有白白浪费的"牺牲"。菲尔德指出："人物作出动作，有人则作出反应，动作——反应，反应——动作，就使得你的故事朝着每一幕结尾的情节点发展。"[11]

下面我们来分析《沉默的羔羊》(*The Silence of the Lambs*，1991)中克拉丽丝初会汉尼拔的著名段落。在前面的剧情中，观众得知，克拉丽丝是 FBI 实习探员，由于她的优秀，更由于她是一位年轻貌美的女性，长官决定派其前往监狱，让汉尼拔回答一份调查问卷，以期解决当下的"水牛比尔"案件，而此行会见的汉尼拔则是臭名昭著的"食人魔"。

克拉丽丝经过一番努力，终于把问卷递到了汉尼拔的手上，然而

电影《沉默的羔羊》中克拉丽丝初会汉尼拔

汉尼拔在看到问卷之后显示出愤怒。汉尼拔用自己的心理学分析能力对克拉丽丝进行分析：克拉丽丝的自卑与自尊。克拉丽丝被人看穿了，深感羞耻——作为弱者的羞耻，在她优秀、漂亮的表象之下隐藏着的是敏感自卑的心。在克拉丽丝匆忙离去时，汉尼拔隔壁牢房的男人将精液甩在克拉丽丝的脸上，这是克拉丽丝感到羞辱的顶点。然而事情却峰回路转，汉尼拔叫回克拉丽丝，他表示要为狱友的唐突行为道歉，他要给克拉丽丝一个"最好的机会"。一方面，克拉丽丝作为"羔羊"而受到利用和羞辱，价值转向负面；另一方面，克拉丽丝得到了超出预期的结果，价值转向正面。

克拉丽丝探员的起始目标是让汉尼拔填写问卷，此段落结束时，她得到了汉尼拔所说的"最好的机会"，即来到一间废弃仓库寻找汉尼拔曾经的病人墨菲小姐的物品。克拉丽丝虽然没有完成起始目标，但是她离终极目标——破解"水牛比尔"案更近了一步。期望与结果并非一致，但却有意外之喜，情节明显被推进了。

情节停滞

情节的停滞，指的是在悬念等关键处展开细致的叙述。"情节点并不需要是一个戏剧性的时刻，或者是一个主要的场景或段落。情节点可能是非常安静的时刻。"[12] 按照希区柯克的说法是"桌子底下的炸弹"。情节停滞的张力和情节推进是同样重要的。情节停滞要求情节在推到一定时候突然停止下来，人物把他的人性表现出来，追求的是在某个时空点的人性大作战。导演吴宇森最喜欢的停滞方式就是好几个人物互相用枪指着，然后展开对话。情节的推进被停滞了，张力来自规定情境。

吴宇森这种叙述方式被昆汀多次模仿，在《低俗小说》的尾声段落中，同样出现群枪连环互指的画面。这一切并非推进情节，而是为了让大杀手朱尔斯在小毛贼面前大段诵读《圣经》，达致疯狂的反讽。这是每一个剧本设计者都应该追求的张力。这种情节停滞时所特有的张力能表现人物与人物之间的利害关系，同时建构不一样的人性实验室，让人物饱受考验，显露被掩盖的人性。朱尔斯在群枪连环互指的场面中发表了他的著名杀人《圣经》演说："那些胆敢残害荼毒我兄弟之人，我将怀着无比的愤怒向他们大施报复，到时候他们就知道，我的名字就是上帝。"故事讲述者创造群枪连环互指的场面，完全就是为了这段演说，停滞情节并逼迫观众听完这段演说。

情节的推进在这个时候是停滞了,但情节的张力却更加饱满了。这样的场景应该是事件及情节铺垫的结果,是每一个剧本设计者应该重点关注的。

情节的停滞经常出现在故事的关键事件中,或者说在故事的高潮,因为故事的意义需要最后的阐述。

情节高潮

高潮指的是情节被推进到最高点,在故事开头提出的问题最终得到解决,电影世界和人物都回归平衡。这时需要主人公面对"敌人"做出最后一击——尽管平衡的代价是巨大的,尽管平衡常常意味着一场悲剧。

在《末路狂花》那场著名的飞车跃下悬崖的戏中,影片到达高

电影《末路狂花》中塞尔玛和路易斯决定一起驶向悬崖赴死

潮，尽管是以悲剧收尾，但观众得到了满足。驱车跳崖的戏剧高潮动作承载着故事中最重要的价值——女性对待男权社会的抗争以及女性之间的真挚友谊。这是一个卓越的情节高潮带给观众愉悦的标准范本。

《闪灵》(*The Shining*，1980)的高潮戏中，男作家杰克彻底成为杀人狂魔。妻子温蒂带着儿子逃亡。在旅馆这个封闭式环境中，杰克的人性之恶达到彻底的释放，邪恶的最终爆发、正邪的对抗同样构成了这场高潮戏的核心。

在电影的高潮戏中，比强烈的情节推进更重要的是人物的转变、电影的主题呈现和人性的极致挖掘，只有这样，才能让那些被前面情节吊起胃口的观众获得充分的满足。高潮是前面剧本中人性冲突的大爆发，是观众最期待的场景。

如果将故事看成一系列事件的组合，那么，情节是推动一个事件奔向另一个事件的动力。情节拥有推进、停滞及高潮的能力。正是情节把那些看起来杂乱无章的事件联系起来，形成故事。

反情节

有些场景及事件，很像主情节之外的旁枝末节，并没有推进或者停滞事件的能力，它们负责丰富事件的真实性，这便是"反情节"，即与充满戏剧性和情节性的"情节"相反。我们可以用时间及逻辑的方法来推演一个电影剧本，但剧本不能完全是因果关系的，不能全是情节。剧本需要有生活的毛边。

所以在一个情节性很强的故事里，加入一些貌似与主情节无关的细节或事件，往往能带来意外的效果。因为这些不以情节为目的的事件，往往更真实，更能把观众带入虚构的世界。

反情节更多时候是用于出人意料。剧本设计是一个跟观众斗智斗勇的过程。如果剧本设计者的所有情节都被观众猜到，那么观众肯定会放弃这个故事。情节在顺理成章推进的过程中，常常需要出人意表。

主情节及次情节

一个故事通常会有一个主线故事及一个副线故事，也就是主情节和次情节。《编剧点金术：剧本写作与修改指南》中提到了主情节为主角提供方向和动力，次情节让剧本／故事立体化，在关注的问题上无所不包，功能主要体现在影响主情节、展现主题和人物上[13]："次要情节通常是关系型故事，而主要情节则是动作型故事。"[14]

如《色，戒》（2007）中，主情节是王佳芝以美色接近汪伪政府重要特工头目易先生并择机刺杀之，最重要的次情节为王佳芝与易先生的关系发展。王佳芝与易先生相互靠近的次情节，造成了主情节的突转：王佳芝在刺杀时示警让易先生逃命。主情节和次情节实际上形成了一种典型的戏剧性结构——行动和目的的南辕北辙。其他的次情节——如王佳芝与其父亲的关系，则提供了她在个人行动上的具体目标动力与心理渊源：一方面是重庆方联络人承诺事成之后让王佳芝去英国，这是她再次加入特工活动的直接诉求；另一方面是王佳芝父亲的"离席"为她爱上一位年长自己许多的中年男子提供了潜意识上的支持。

主　题

观众们看完电影，总是会对一部电影的主题侃侃而谈，有人说到人物的变化，有人说到故事的历史背景，有人说到故事中存在的社会议题，这说明主题对一个故事来说很重要。那么主题是什么？

菲尔德在《电影剧本写作基础》中指出："主题被定义为动作和人物。动作就是发生了什么事情，而人物就是遇到这件事情的人……每个电影剧本都有个主题，即故事是关于什么的。"[15] 菲尔德只给了我们一个模糊的答案——故事是关于什么的。麦基的《故事》中对主题的论述更加具体："真正的主题不是一个词，而是一个句子——一个能够表达故事不可磨灭意义的明白而连贯的句子。我更喜欢主控思想这个提法，因为它不但像主题一样，指出了故事的根本或中心思想，同时还隐含了其功能：主控思想确立了作者的关键性选择。它是又一条创作戒律，为你的审美选择提供向导，助你确定：在你的故事中，什么适宜，什么不适宜；什么能表达你的主控思想并可以保留，什么与主控思想无关必须删除。"[16]

首先，主题必须是创作者充分自觉表达的观念和主导思想。麦基给出了主题的构成："主控思想的句子就是由这两个要素组成的——价值加原因——便表达了故事的核心意义。"[17] 一个故事不仅需要一个主题来鉴别事件及驾驭人物，更需要主题来阐明故事的价值。弗朗西斯·福特·科波拉在接受采访中说过，在拍摄电影时，他习惯用一个词来概括主题，比如《现代启示录》(*Apocalypse Now*, 1979) 的主题词是"道德"，那么他在做所有创作决定时，当然包括剧本设计，都依赖主题词做出最后的选择及判断。

其次，主题也是一个故事的价值所在。没有价值取向的故事，不算好故事。价值是一个故事的灵魂所在。剧本设计者是通过故事向接受者表达价值观。故事通常只是载体，价值观才是剧本设计者真正要传达给接受者的东西。故事价值往往是基于人类的生活经验和情感逻辑而升华出来的意义。

在《西游降魔篇》（2013）中，唐僧由质疑使命、拒绝爱情到最后顿悟佛经，形成这种改变的故事动力是孙悟空的暴力、段小姐的牺牲及唐僧的承认（承认他一直不愿承认的对段小姐的感情）。此片的主题是"回避世俗情爱"，无法参透使命的唐僧因为面对了心中的"小爱"，悟得大爱。

《色，戒》中的王佳芝戴上易先生送给她的鸽子蛋钻石后，易先

电影《色，戒》中王佳芝与易先生在珠宝店试戴钻石戒指

生告诉她，他可以保护王佳芝，被感动的王佳芝瞬间决定"背叛组织与信仰"，搭救易先生。电影的主题是"理解战胜信仰"。两个孤独的灵魂在乱世中游走于剃刀边缘的沟通，让王佳芝恍惚有了知音之感。在日式居酒屋那场戏中，特定环境让王佳芝对易先生这个人尽唾弃的汉奸产生某种瞬间的心灵感动。当然两人之间激烈变形的性爱，也是他们独特沟通理解的佐证。理解或者说某种惺惺相惜超越了信仰。

主题确立事件的选择标准，也决定故事的价值。任何故事都要确立一个主题，事件须围绕着主题被选择。因为主题的存在，故事的意义也能被提升。最好的主题表达方式都不是被直白说出来的，而是被看出来、被领悟到的。

主题是隐藏在水下的锚，它让故事之船不远不近地围着这个锚起伏飘荡。

✎ 寻找故事

故事的方向

剧本设计者首先要了解社会及通晓人性。一个离群索居的人可能写出好的小说，但他绝对不可能设计出一个完善且可以拍摄的剧本。剧本跟建筑图纸一样，需要考虑到未来电影的许多方面，如影像、预算、表演等，对人性的了解只是其中的一个方面。人类的生存、饥饿、性、死亡恐惧等，都是好故事的方向，但对设计者来说，故事首先要在熟悉的生活中寻找，或者说在自己充分了解的世界里建构。即使是一个超现实的故事，剧本设计者也要遵行一些基本生活逻辑，才能设计出一个可以自洽的超现实故事。

剧本设计者要写自己熟悉及了解的生活，如果不熟悉，那么他需要通过体验生活来熟悉。剧本设计者研究的是人的生存状态，要对街区有研究，对人际关系有研究，要观察及出卖身边人的生活。

拥有苍白的人生经历及狭窄知识面的人，成不了好的剧本设计者。

了解自己

书写自己的生活也许应该是每一名剧本设计者的起点。剧本设计者在观察生活时，要将自己作为最重要的观察样本：想想什么是自己真正关心和真正喜欢的。研究自己到底是什么人，是暴力狂、色情狂、伪君子还是恋童癖？设计故事往往要描述出自己内心最"变态"的一面。如果一个剧本设计者连自己的内心都不能真诚面对，怎么能设计出让人感动的故事？

思考什么是会打动自己的故事，是《天堂电影院》(*Nuovo Cinema Paradiso*, 1988)感人至深的缅怀过去，是《霸王别姬》中的性别纠葛，是《真爱至上》(*Love Actually*, 2003)里的都市爱情梦，还是《沉默的羔羊》里潜伏内心的惊悚？

自己是最好的老师。设计剧本的人要从自己身上捕捉到人性的复杂性，所以设计剧本的人，基本都会或已经"精神分裂"。在整个剧本设计过程中，他们必须把自己想象成无数个他者，深入到故事中每个人物的内心，英雄或反面角色，助手或小丑，体验正义的同时更多地经历着邪恶。

选题决定故事成败

电影跟许多其他门类的艺术最大的不同是电影需要大量财力及人力才能完成。剧本设计者不可贸然完全凭自己的兴趣进入一个故事，而应该对故事的选题进行详尽的可行性研究。跟我们认为故事更多是设计而非写作的观点一致的是：故事的选题必须被反复地论证。

剧本设计者应该反复质问自己：这个故事是否真的感动自己？是否真的能跟观众进行充分的交流，能够吸引并感动他们？同时最重要的也是最困难的一点，故事能否有社会上的吸引力（包括投资及未来票房）？在选题的时候反复掂量这些因素，能让剧本设计者避免把人生的大量光阴浪费在生产垃圾上面。

剧本不能像小说、诗一样只存在于文字，它需要被拍摄成影像，才能最终完成它的使命。永远别忘了我们的观点：没拍成电影的剧本，只是一堆垃圾。即使这个剧本设计得很精彩，那也是一堆精彩的垃圾。

一个深思熟虑的选题至少要关注下面几点。

选题是可交流的。故事需要在与人顺畅交流的情况下，才能成功。剧本是一个用来交流的文本，切记要让你的故事精彩迷人。剧本的吸引力包括三方面：对投资人的吸引力、对观众的吸引力、对未来合作者包括演员的吸引力。

选题成本是可测算的。剧本必须拥有对成本的基本规划，包括对场面的描述、对分场的设计（如日景夜景和内景外景），还包括对场面的控制。

选题审查是可估的。在涉及政治、性及暴力这些话题（很遗憾，这些是电影故事讲述者一百多年来最热衷的话题）时，剧本设计者不可避免要面对审查风险。除非剧本设计者主观上不愿意跟体制配合，否则通过审查是每一个剧本设计者的头等大事。任何社会体制都有禁忌及政治正确，好的故事讲述者都懂得如何游走在审查机制的边缘，在刀锋上求生存。极致的故事不可避免都在挑战社会及审查的底线，因为人性只有在极致的故事中才能无所遁形。

剧本设计者要了解当下中国及世界现实。现实是唯一能制约故事讲述者的因素，基于这样的理解，完全凭空想象的剧本设计者在电影工业体系中是难以生存的。

所以在宣扬讲故事是一门艺术的同时，我们永远别忘了菲茨杰拉德的忠告：讲故事是一门手艺，一门可以学习的手艺。

✏ 故事是一个自给自足的世界

电影是一门关于人类学的美学，故事只是生活的象征，但某个时候，故事就是生活本身。故事是一个自给自足的世界。

故事是生活的比喻

罗伯特·麦基提出"故事是生活的比喻"[18]，同时他又宣扬："故事必须抽象于生活，提取其精华，但又不能成为生活的抽象化，以致失却实际生活的原味。故事必须像生活，但又不能一成不变地照搬生活，以致除了市井乡民都能一目了然的生活之外便别无深度和趣味。"[19]

故事是讲述者创造的一个自给自足的世界。在故事里，事件逻辑自洽即可，但同时故事需要真实感的支撑，如人物情感的真实以及生活细节的真实。如果一个故事需要不真实，那它必须从头设定一个完全只属于它的世界的真实观。

剧本设计者在设计剧本时，总是面临两难境地，既要注重故事本身的抽象意义，同时也必须考虑故事生活的毛边质感。剧本设计者跟建筑师一样，设计故事中的每一个细节，这些细节还必须符合基本的力学原理。对电影故事来说，它的力学原理就是现实生活及人性。

电影既是超现实的虚构文本，又往往是现实的社会学表述。贾樟柯用他的方式对20世纪90年代的中国进行一种特定的表述，这种表述虽然不等同于纪录体的真实，但在他的一些影片比如《小武》（1998）中，观众能看到、感受到小武那样的小人物的存在，也能感知到这个世界曾经以电影《小武》中的那种方式存在和运行。

即使在超现实的文本中，剧本设计者也可以用故事对现实生活进行比喻。在《西游降魔篇》中，周星驰对数百年前的中国神话小说《西游记》做出了最接近本源的一种解读，远远多过他早年参演的《大话西游》。孙悟空的形象在《西游降魔篇》中被塑造成一个非常阴郁、暴力及不甘屈服的魔头。周星驰创造了一个他想象的"西游世界"，表面上看起来跟小说《西游记》中的世界不尽相同，但故事讲述者用自己的人生价值观拓展了这个"西游世界"的真实性和魅力，并从观众那里得到了正反馈。这是有史以来对《西游记》进行的最尊重原著精神的改编，虽然《西游降魔篇》大多数的事件及情节都是故事设计者新编的。

故事比历史比现实更真实

在英国小说家兼文学评论家 E.M. 福斯特的《小说面面观》中讨论过小说与历史的关系，能为剧本的故事设计带来思考。福斯特认为，人物／角色的清晰度和真实度高于生活。他指出："当小说家对于这个人物的一切无不了如指掌时，这个人物便是真实的。"[20] 小说人物的真实从来与外部世界无关，人物只存在于小说家创造的世界中。小说家有权也必须有义务对人物了然于心，对故事也一样。有时小说家只对我们展示人物的局部，但是小说中的人物，自然而然能给我们一种真实感，一种基于故事的真实感。对于日常交往中的人际关系而言，无论如何亲密的关系，我们都无法对一个人完全地了解，但是小说却为我们弥补了这一缺憾。"在这个意义上，小说要比历史更加真实，因为它超越了简单的事实，我们每个人凭自己的经验都明白，毕竟还有比现实更重要的东西，而且，就算是小说家并没能如愿地把握这一点，至少他朝这个方向尝试过了。"[21]

福斯特认为，小说的伟大之处就是把真实生活中看不见的秘密讲述出来，让我们有可能真正全方位进入一个人物的内心，或者说进入一个世界的核心。真实的世界及历史永远是含混不清或者矛盾对立的，但在故事里，由于有讲述者的存在，这个世界永远是存在逻辑的，情感是能感受到的，细节是具体的，人性是可以探讨及描述的。

或许有人会以故事的世界是被创造和被讲述的来证明故事世界的虚假及不真实，但别忘了赫拉利告诉过我们的，世间的一切都是故事，都是"想象的现实"。世界本身就是一个故事。对故事最不恰当的批评就是说它跟现实矛盾，或不符合现实。故事与现实是两个平行世界。不应该也没必要用是否与现实世界一致或符合来要求一个故事，这相当于用一个故事来衡量另一个故事，这不公平。

一花一世界。同理，一个故事一个世界。

故事永远是超现实的想象世界

故事的离奇荒诞给观众带来叙事上的"惊奇"，然而让观众产生"信任感"是一切的基础。剧本设计者最重要的工作便是在逻辑合理性和故事戏剧性之间进行博弈。

故事是一个"宇宙"，故事讲述者是那个无所不能的上帝。剧本设计者可以按照自己的想法对宇宙进行塑造，所以在重建世界观的幻想类电影中，逻辑性有时候是故事情节本身的自洽。其实在现实类电影中，又何尝不是如此。

已经习惯于各种奇幻故事的观众不会只用生活的逻辑来衡量故事，甚至在现实题材电影中，一些生活逻辑都有可能被观众漠视。在优秀的故事中，观众能够被故事讲述者带入人物内心，故事可以天马行空，只存在于电影之中，只存在于观影那一片刻的情绪之中。

在电影中，关键不是反映现实世界，而是创造一个新的世界。世界上有许多这样的电影，如《地下》(Underground, 1995)、《东邪西毒》、《燕尾蝶》(1996)、《七武士》(1954)和《星球大战》等，这些电影都创造出一个个世界，一个个逻辑自洽的世界。

一切好的电影故事都是超现实主义的，也是直抵内心的，因为电影是"造梦机器"。一切好的电影剧本，都是设计者有感而发的，可以被作为未来拍摄指南的建筑图纸！

故事讲述者创造的世界越小，能纵向挖掘的东西反而越深。设计一个电影剧本，有如创造一个梦、一个世界。在这个世界中，所有的事物都自给自足。反映现实从来不是一个故事的目的。如《一九四二》这样的故事，创造了一个饥荒的世界，既有历史的影子，也有故事讲述者的想象。

一个电影剧本首先始于设计者对世界的认识，同时渗透着设计者的欲望、困境、对人或事的关切，最终塑造出属于自己也属于观众的电影世界。

小　结

故事的最重要目的，就是要表达讲述者悲天悯人的情怀。电影既是具象审美的作品，同时也需要抽象意义的升华。

情怀在电影批评中已经是一个被滥用的词语，它是超出生理需求的一种情感需求，是故事讲述者必须表达的东西。情怀是对家园的留恋(《地下》),是对人生沧桑的理解(《一一》[2000]),是对时代的记录(《霸王别姬》《活着》)。无论指向哪群人、哪段故事,情怀总是一群人的共同记忆和公共情感,而无论这段记忆与情感如何黑暗或者不堪,电影都应是照亮黑暗现实的灯。

完全暗黑的故事没有存在的必要。

电影终究是要表现希望的。

故事的情怀就像建筑的实用性一样。故事需要对现实和人性有悲天悯人的情怀。《银翼杀手2049》在一片黑暗的世界里,复制人K牺牲自己换来了迪克跟女儿见面,这是故事的亮点,也是观众的希望所在。

一个故事需要留给观众希望,也必须留给观众希望。美国剧作理论家沃格勒(Christopher Vogler)在《作家之旅》中指出:"故事是活的,具有意识,能够对人类情感和愿望做出反应。"[22]这种反应经常并且必须带有一种希望的积极因素。

故事可以是一把"剖开"真相的"手术刀",但是并不意味着故事可以不留情面地将观众的心击碎。故事终究是需要一抹暖色调的。观众在一场封闭两小时的造梦活动之后离开电影院时,应该也不能是绝望的。

给观众留下希望并不意味着总是"happy ending"。也许只需要一个视觉象征、一句话,便能让观众带着一丝笑容离开电影院。在《活着》的结尾,福贵将小外孙带来的小鸡放到了他的皮影戏箱子里,小外孙问小鸡长大了会变成什么,福贵想了想,告诉小外孙,鸡长大变成鹅,鹅长大变成羊……在影片中,观众可以清晰地看到福贵在"活着"的过程中失去家人,然而他不愿将"小鸡长成大鸡会被杀掉"的事实告诉小外孙,还为小外孙想象着长大后的幸福情景,这个结尾为福贵悲惨一生的故事留下些许希望,跟《通天塔》结尾时父女相拥的镜头目的一致。

《通天塔》导演伊纳里图在电影结尾的字幕中很好地说出了故事的目的:

> 献给我的孩子们,玛利亚和伊莉莎,你们是无尽黑暗中最耀眼的光芒。

是的,所有故事都应该是剧本设计者献给这黑暗世界的光。

注　释

1　尤瓦尔·赫拉利:《人类简史》,林俊宏译,北京:中信出版集团,2017年2月第2版,第30页。
2　同上,第23页。
3　E.M.福斯特:《小说面面观》,冯涛译,上海:上海译文出版社,2016年7月第1版,第24页。
4　罗伯特·麦基:《故事》,周铁东译,天津:天津人民出版社,2014年9月第1版,第22页。
5　威廉·M.埃克斯:《你的剧本逊毙了》,周舟译,北京:北京联合出版公司,2016年8月第1版,第55页。
6　同上,第60页。

7 悉德·菲尔德:《电影剧本写作基础》,钟大丰、鲍玉珩译,北京:北京联合出版公司,2016年11月第1版,第121页。
8 同上,第126—127页。
9 同上,第125页。
10 罗伯特·麦基:《故事》,周铁东译,天津:天津人民出版社,2014年9月第1版,第266—267页。
11 悉德·菲尔德:《电影剧本写作基础》,钟大丰、鲍玉珩译,北京:北京联合出版公司,2016年11月第1版,第172页。
12 同上,第141页。
13 琳达·西格:《编剧点金术:剧本写作与修改指南》,曹怡平译,北京:北京联合出版公司,2014年3月第1版,第49—50页。
14 同上,第49页。
15 悉德·菲尔德:《电影剧本写作基础》,钟大丰、鲍玉珩译,北京:北京联合出版公司,2016年11月第1版,第18页。
16 罗伯特·麦基:《故事》,周铁东译,天津:天津人民出版社,2014年9月第1版,第129—130页。
17 同上,第130页。
18 同上,第20页。
19 同上。
20 E.M.福斯特:《小说面面观》,冯涛译,上海:上海译文出版社,2016年7月第1版,第57页。
21 同上。
22 克里斯托弗·沃格勒:《作家之旅》,王翀译,北京:电子工业出版社,2011年11月第3版,第276页。

② → 人物

② → 人物

② → 人物

电影是在讲故事，电影也是在写人物。

如果电影中的人物让人记住了，那么故事就永远被观众记住了。想象一下那些让人回味无穷的电影，让观众印象最深刻的一般都是人物。相较电影能用镜头语言、表演、声音（包括台词、音乐及音效）塑造人物，剧本只能用文字描述人物，这给剧本设计者创造了相当大的难度，同时也为他们提供了更广阔的想象空间。

剧本设计者的首要工作是研究剧本中的主要人物，包括他们的前史、性格、困境和欲望等。主要人物在故事中所要完成的是在人生的平衡被打破之后重新寻找平衡。剧本设计者经常需要化身为电影中的人物，去面对故事的冲突及困境。好的剧本设计者永远是在一个充满张力的戏剧冲突中写人物，而冲突有时候是外在的，有时候是内在的。

悉德·菲尔德说编故事有两个方向，一个是从情节开始，另一个是从人物开始。当你把人物前史、欲望等设定清楚之后，有关这个人物最有意思的事件及情节自然就会浮现出来。有些剧本设计者开始一个故事时，总着急先设计事件与铺排情节，而忽略对人物的思考，这是本末倒置。

从嗜赌成性的地主阔少到生存艰难的贫苦平民,《活着》的男主角福贵可谓是中国电影史上让人印象深刻的人物,年轻的福贵是敢与父亲对呛"没有老王八蛋哪来的小王八蛋"的不肖纨绔子。除了福贵,还有几个与福贵相关的人物:混混龙二诱使福贵输尽家产,让福贵从少爷变成贫民,之后龙二霸占福贵的大宅院,最后却被当成地主镇压,可以说龙二是福贵另一种命运的侧影;福贵的妻子家珍是一个恪守妻子本分的善良女子,在福贵沉迷赌博时劝他戒赌,在福贵家破败后仍能与丈夫举案齐眉;干部春生与福贵在战场上共患难,最终却撞死了福贵心爱的儿子,是福贵这个人物所处的时代倒影,他的人生映射出福贵悲剧命运的无可逃脱。

《活着》中层次丰富的人物设定,与影片主旨"活着"形成了强

电影《活着》中的主人公福贵与妻子家珍

烈的呼应。故事中的人物是抽象于现实的，但能够更戏剧性地折射出故事的现实面向。福贵这个人物，也因为演员葛优的演绎，成为一代经典的艺术形象。这个艺术形象穿透时空，成为人性和时代的一个比喻。

电影是讲故事的，而故事是从创造人物开始的。

设置人物

设置人物的维度：扁形与圆形

福斯特在《小说面面观》中对小说人物评述时说："我们可以将小说中的人物分为扁形人物和圆形人物两种，扁形人物……有时也称为类型人物，有时也叫漫画人物。其最纯粹的形式是基于某种单一的观念或品质塑造而成的；当其中包含的要素超过一种时，我们得到的就是一条趋向圆形的弧线了。真正的扁形人物可以用一句话来概括。"[1]而圆形人物则比较含混，他们的性格是多维的，有时甚至是矛盾的，但福斯特强调"也只有圆形人物堪当悲剧性表演的重任"[2]。

一般来说，商业类型电影中扁形人物居多。类型电影需要固定、直接的性格，可以用一句话概括的人物是商业类型电影观众最喜欢的，因为这种人物很容易被观众辨识并认同。超级英雄电影的主角，无论是蝙蝠侠、超人还是钢铁侠，他们都显具扁形特征。《X战警》（X-Men）系列电影更是形象地用超能力或动物给人物设定性格，追求的就是漫画式的简单明了。与之形成对照的是，克里斯托弗·诺兰（Christopher Nolan）这样的故事讲述者却为《蝙蝠侠》三部曲（*Batman Begins*，2005；*The Dark Knight*，2008；*The Dark Knight Rises*，2012）中相对平面化的漫画改编人物增加了许多性格维度。中国京剧中的生、旦、净、末、丑的脸谱式妆容其实跟古希腊的人格面具一样，为的是让观众能对人物的类型与性格一目了然，所以必然是扁形人物。

从福斯特的圆形人物与扁形人物的理论来看，越是有人格阴影的人物越趋于圆形。在克里斯托弗·诺兰导演的《蝙蝠侠》三部曲中，正面角色和反面角色都被创作者赋予了立体的形象，他们有着面对世人的阳面和只为自己所知的阴面。《黑暗骑士》中小丑、丹特和蝙蝠侠的制衡和对抗之所以能在故事里层层递进，依靠的是一步步揭示三个人物的内心秘密和创伤。诺兰重塑的英雄电影在好莱坞超级英雄电影中算是凤毛麟角的。好莱坞超级英雄电影越来越乐于呈现简单、扁形、无阴影的英雄人物，而真正对人物的多重性格进行探讨则成了小荧幕美剧的专好。

扁形人物与圆形人物并没有谁高级谁低端的差距。对圆形人物的理解与认知需要接受者更多地参与，所以塑造圆形人物往往会被认为是更文艺或小众的。而事实上，不仅商业类型电影中的大多数人物是扁形的，其实许多艺术电影的人物也是扁形的。如《万箭穿心》（2012）的女"扁担"李宝莉，她强迫、焦虑，其实是个扁形人物，用一句话就能说清。《活着》中的福贵也是一个任凭命运抽打的善良怯弱的小人物，或许正因为他的纯粹及性格的单维度，才让他成为一个让观众永远难以忘记的人物。

圆形人物的动作和反动作通常是模糊不清的。《色，戒》中由刺杀任务而产生了爱情的王佳芝，《卧虎藏龙》中娇横不羁最终自裁的玉娇龙，她们身上都混合了多重欲望，人物形象既含混不清，又符合情理。有野心的故事讲述者会努力创造多维人物，允许人物的性格及行为有自我矛盾的地方，让观众难以轻易把握。玉娇龙见了情人罗小虎之后跃瀑布自尽，她的行为让观众困惑，但正是这种看起来不可思议的行为，让观众愿意去探究其背后的人物心理及性格原因。圆形人物因为多维性及复杂性，更加贴近生活的真相，虽然他经常刺破观众的入梦体验，但能激发观众对现实的探究。

多维度的圆形人物加上一些环绕其左右的扁形人物，构成一个故事中的人物关系。剧本设计者应从人物的性格维度出发展开故事，又

电影《卧虎藏龙》的女主角玉娇龙

遵循故事的走向拓宽人物的维度。剧本设计者在构建人物的时候，一定要框定人物的功能。不管哪种人物，都可以发挥其在故事中的作用，只要设计者把他放置在合适的位置上。

建立独特或极致的人物性格

对于人物的设计既涉及人物的职业、个人生活和内心世界，也包含人物的年龄、地域、教育、性格、行为习惯等。相对于平庸的现实，剧本设计者应该努力寻找剧本中人物的独特性或极致性。

菲尔德是这么总结人物的："构成令人满意的人物必须具备的四个特质：（1）人物有一个强有力且清晰的戏剧性需求；（2）有独特的个人观点；（3）有一种特定的态度；（4）经历过某种改变或转变。"[3] 菲尔德论述了两个重要的人物面向：独特的个人观点和特定态度。剧本设计者可以将其统一地理解为个人价值体系和独特观点，这是人物戏剧动作的内在依据。只有独特的人格才能做出不凡的行为。

英国电影《丑闻笔记》(Notes on a Scandal, 2006)中，女主角芭芭拉是一名公立中学教师。影片由芭芭拉的旁白引入故事发生的背景并开始第一幕的建置，而值得注意的是，芭芭拉的旁白有着强烈的个人特征：她总是以消极、刻薄的眼光看待学校的一切。这样的态度一方面带着一种强烈的幽默感，一方面又吐露出她对生活已然失去热情的精神世界。人物的独特性格为故事的戏剧性提供养分。

《本命年》(1990)中，主人公李慧泉"轴"的性格设定，让他与那个社会格格不入，导致最后他被捅一刀后，逆人流而上，倒毙在空旷的广场上。独特的性格特点导致他异于常人的人生命运。

剧本中人物的性格并不总是奇特乖张,大多数电影在打造极致的人物时,会渲染人物源于日常生活但被戏剧性放大的人格特点。在漫威超级英雄电影序列中,主角们都有着强烈的正义感和勇气,但是又有着不同的性格特点:美国队长有着现代生活环境缺乏的近乎呆板守旧的价值观;钢铁侠斯塔克有着花花公子的玩世不恭和幽默感;星爵则带有底层气质。这些鲜明的性格色彩为电影提供足够的个性特征的同时,也自然而然延展出人物独特的行为。

设置人物的缺陷

神话故事中有一种常见的英雄的性格元素:哈马提亚。亚里士多德认为英雄在喝酒或生气之后采取的过失行动,就是哈马提亚。在这里,我们把哈马提亚引申为英雄身上的缺陷,这是多数悲剧的成因。尹迪克指出:"'阿喀琉斯之踵'一词,就意味着阿喀琉斯的哈马提亚,即他身上唯一脆弱的部分……哈马提亚就是自卑情结的根源,是英雄必须要克服的根本弱点、缺陷或瑕疵。"[4]根据英国国王乔治六世真实事件改编的电影《国王的演讲》(*The King's Speech*,2010)中,王室成员约克郡公爵伯蒂因为口吃而怯懦、自卑与木讷,在当上国王之后,这个痼疾更成为他的阴影。战争迫在眉睫,他能做的只是发表一番鼓舞人心的演讲,维持王室的精神象征,只要讲话不磕绊,对他来说就是一次"完美的演讲"。父兄的压制、人民的期盼、君权的架空都使他面临更深层次的心理危机。整部电影围绕着国王怎样克服缺

电影《国王的演讲》

陷展开,影片最终以英雄战胜自我、实现人生价值为结局。

设计一个人物,要设计出他的所有细节,这其中又以人物的阴影及缺点最为重要。阴影经常是人物性格缺点的心理成因。人物缺点只是冰山可见的那一角,故事设计者应该在英雄的性格冰山中埋藏更深的阴影。

尹迪克认为:"吸毒、沉溺女色、滥交、赌博和其他成瘾的行为,也都可能与口腔期有关,因为它们反映了一种行为模式,即内在的需求必须通过寻求和沉溺于外在刺激而被满足。"[5] 所以他直言不讳地建议,当剧本设计者设计人物时,如果实在找不到人物内在的哈马提亚,那么可以为人物添加一些口欲行为,例如抽烟、吸毒、好色等,这很视觉化,也经常很有效。相信观众忘不了《色,戒》中易先生在居酒屋抽着烟听着王佳芝唱《天涯歌女》时的表情,那一瞬间的表情可以说是这部电影最让人难忘的画面之一。抽烟这种上瘾性行为能帮助演员进入人物内心,这也是一直以来电影中有那么多抽烟镜头的重要原因。除了这些口欲行为的视觉效力,剧本设计者更应该清楚:上瘾性经常就是人物的性格本身。

有弱点的正面人物往往更受欢迎,因为观众想看到有弱点的人物战胜逆境,同时也战胜自己弱点的故事。许多故事中次要人物会比主要英雄人物更讨人喜欢,就是因为次要人物往往有弱点,更接近生活中的人,同时由于其次要地位,剧本设计者也可以有更多创作自由度。小说《西游记》中,孙悟空、猪八戒比主角唐僧更讨人喜欢的原因,是孙悟空的暴戾叛逆和猪八戒的好色怕死这些性格缺陷。观众常常需要故事中的主角道德完美,但正如瑕疵会让美玉更真实可爱一样,缺陷有时会让观众更喜欢剧中人物。

当剧本设计者需要一位深入人心的负面人物时,人物的负面缺点需要一种精心设计的悲剧性:"这种人物都有一种极端的特质,这种特质既是他力量的来源,也是他自我矛盾的源头,例如麦克白的狂妄(或许有人称之为过度敏感的妄想),或《恺撒大帝》(*Julius Caesar*,1953)中卡修斯的嫉妒与对权力的饥渴。"[6]悲剧性一方面在于负面缺陷的来源是无可避免以及可理解的,一方面在于这样的缺陷将导致深层的自我矛盾感,最终导致人物的悲剧性结局。悲剧性缺陷的文学属性在于:"……使角色和社会(小我和大我)发生联系,也使得作品的潜文本更丰富。"[7]悲剧性缺点有其社会现实意义,比如对于成功不择手段式的野心。好莱坞情节剧(melodrama)喜欢讲述野心勃勃的人物,比利·怀尔德(Billy Wilder)的《倒扣的王牌》(*Ace in the*

Hole, 1951）讲述了身无分文的记者丘克因报道小镇居民被困山洞而成为新闻明星, 为了维持新闻热度, 丘克安排了费事的营救, 延长了被困的时间, 最终丘克的卑劣手段暴露无遗。电影用人物的病态欲望发展出了一个关于名利的刺激故事。

《禁闭岛》(*Shutter Island*, 2010) 一切故事的动力是主人公的战后创伤应激综合征, 这个"缺陷"让他分裂出两个人格: 一个是"Andrew Laeddis", 就是杀死妻小的那个人; 另一个是"Teddy", 那个勇往直前的执法官。这部电影中, 缺陷已经不仅是人物性格的一个方面了, 更成为左右故事的最重要因素。

人性的缺陷或阴影不仅可以让人物更加可信, 更重要的是, 人物的性格缺陷往往也是电影的主题之一。

人物的主动性、戏剧性需求及"第二自我"

在绝大多数电影中, 通常有一个充满主动性的主角。首先从剧本设计的实际情况来看, 主动性的人物有力量推动故事的发展, 角色的动力便是故事的动力, 而写作被动的人物则需要设计其他人物或者事件来推动故事, 因此"主动性人物"这样的处理方式是讨喜且高效的。

充满主动性是大多数电影主角的特点, 而戏剧性需求存在于所有电影人物之中, 不管是主动还是被动。

主角也有可能一直是被动的, 比如《钢琴家》中男主角便是在德国纳粹的搜寻下辗转各处, 他的戏剧性需求便是逃脱纳粹的搜捕, 这样的戏剧性需求而非人物主动性成为电影的推动力,引导观众的观看。但这种人物的主动性丧失恰恰与人物在故事中的被动状态相关,被动正是这个人物的主要特点。

无论如何,主要人物在情节点处的主动出击都是令人振奋的,尤其是当主要人物陷入绝境时。剧本设计者需要设计许多这样的"绝境",并放在故事适当的位置上,逼迫主要人物采取主动行动。

人物到底要得到(或者规避)什么?有人已经替我们列出了一张欲望清单:"一个故事里,除非里面的某个角色渴望得到什么东西,并且付诸实践去积极争取时,故事才算是真正的开始……欲望清单:爱,知识,金钱,智慧,快乐,毒品,批准(赞同),逃脱,安全,好看的故事,复仇,才能,稳定,恒心,权利,必然性,胜利,家,自由,常态,接受,激动,名望,灵感,拯救,滑稽,尊重,独立,冒险,遗忘,上帝,纪念,真相,遗产,公平,进步,美国之路,原谅,改变,友谊,注意,死亡,和平,时尚/美丽,性,控制,快乐,身份,家庭,陪伴/伴侣,不朽,隐居,交流,肾上腺素/匆促,生存,摇滚乐(毒品和性)……"[8] 这个欲望清单涵盖了大多数故事主题,一个或多个人物的欲望,让人物拥有主动性,也让故事拥有了推进的动力。

人物必须拥有那些能产生戏剧性的需求。有些电影中人物的戏剧性需求处理得较为简单,从头到尾只有一个,如对名利的追逐(《倒扣的王牌》)、逃脱灾祸(《钢琴家》)、寻得宝物(《夺宝奇兵》系列电影)等,但仍然有很多较为复杂的处理方式,需要根据故事主题和人物复杂度来建立。

由于电影的时间长度,人物出场时的戏剧性需求的完成总是延宕的,直至电影第三幕中达成。更复杂的情况是戏剧性需求的转变,这里面涉及人物内心的变化,主人公发现自己真正的需要(《色,戒》),或者对自己错误的价值观进行修正(《人再囧途之泰囧》[2012])。

戏剧性需求的转变涉及不自觉欲望,罗伯特·麦基指出:"主人公还可以有一个自相矛盾的不自觉欲望……尽管这些复杂的主人公不知道其潜意识的需要,但观众却对此有所感知,并能察觉出他们的内心矛盾。一个多维度主人公的自觉和不自觉的欲望通常是互相矛盾的。"[9]

比如《色,戒》的女主角王佳芝,她的欲望是什么?她的欲望是矛盾的:一方面,她要刺杀汉奸易先生;另一方面,她对刺杀对象易先生产生了眷恋,并产生了保护易先生的想法。"杀掉",是王佳芝

电影《色,戒》中王佳芝与易先生在居酒屋

的自觉欲望;"保护",是她的不自觉欲望;两种欲望在她的内心冲突着。

王佳芝加入话剧社杀汉奸的行动是缺乏自觉的,是出于对邝裕民的好感、爱国热情、群体压力等多重作用的结果,而在珠宝店里,她与易先生执手相看,生出某种惺惺相惜之感。王佳芝因瞬间的感动,在珠宝店内吐出"快走"二字,追随了她瞬间的内在欲望,并为之付出了性命的代价,这是人物的复杂性,也是不自觉欲望战胜自觉欲望,人物的"第二自我"在外在欲望的面具之下显露出来。

人物的心理跟欲望一样,有显露的及隐藏的,隐藏的部分即"第二自我"。弗洛伊德将人的心理结构比喻为海洋上的冰山,意识只不过是露在水面上的冰山顶峰,而水下的冰山是一个看不见的广阔无垠的潜意识世界。潜意识是构建人物"第二自我"的巨大宝库。

"第二自我"有利于发掘人物的心理深度。好莱坞电影中,一个通行的办法就是对人物性格进行精神分析式的潜意识设置,精心构建的人物历史成为人物现在行为的心理动因,从《公民凯恩》(*Citizen Kane*,1940)用"玫瑰花蕾"隐喻快乐的童年,到《木兰花》(*Magnolia*,1999)中弗兰克因童年的恨而不愿意谅解濒死的父亲。要读解一个人物,就得通晓他的过去、他的潜意识。同理,要建构一个人物,就得建构他的过去、他的潜意识。

挖掘人物的童年,或者说设计人物的早年心理阴影,已经成为许多电影的必备。由于广泛的心理学知识普及,西方电影更乐于去寻找个体成长过程中的创伤及阴影。中国主流电影因一直对影片社会功能论进行强调,加上近百年来时代更迭中的民族伤痛,忽略了人物个体

电影《霸王别姬》开场小豆子的娘带他拜师学艺

的创伤,而更加专注于集体记忆及时代景象。像《霸王别姬》那样谋求将个人心理创伤与社会文化集体压力进行结合的电影,是相当凤毛麟角的。可以说,《霸王别姬》剧本是少有的类好莱坞气质的佳构剧本,剧本设计者花了大量笔墨来表现小豆子的童年创伤,并埋下了他余生悲剧命运的伏线。

拥有阴霾过去的主要人物往往是推动故事往前发展的基本动力,给每个人物设置一个不堪回首的过去,是丰富人物、增厚故事的不二法门。人物的阴霾过去或曾经的创伤,必须在故事的发展中得到解决。剧本设计者设置主要人物时,应该更多地寻找人物的阴影或创伤。《木兰花》中,童年弗兰克被父亲抛弃的创伤,成为现在的弗兰克性格的原因。人物的恐惧比爱好更能揭开人物的人格面具,直面人物的第二自我。

阴影通常是英雄的底色。尹迪克根据荣格的心理学理论,接着对人物的阴影进行了论证。他说:"阴影就是人格面具相对的力量。我们的自我在意识的光线下投射了一个阴影，就像我们的身体在日光下投射了一个影子在地上一样。阴影就是被压抑的第二自我，是我们微弱的潜意识的自我反射……阴影就是人格面具背后的隐藏性的存在。"[10] 被暗黑力量控制的英雄人物内心充满善恶之间的天人交战，《西游伏妖篇》（2017）中的孙悟空就是这么一个角色，他的内心充满冲突。故事讲述者放大了《西游记》原著中孙悟空内心的恶，甚至把人物阴影当成主要的表现面，这在《西游降魔篇》中已见端倪。但中国观众在观影中反映出来的价值观，比想象中要保守，他们或许可以原谅《西游降魔篇》中孙悟空这个角色的恶，毕竟那个故事中，唐僧及段小姐充满了正义色彩，但《西游伏妖篇》中对西游四人组的全面黑化，或者说对人物阴影的过分强调，则超出了普通中国观众的接受度。虽然从深度挖掘人性的角度看，《西游伏妖篇》下笔更狠，但有温情正能量的《西游降魔篇》却更能讨得传统观众的欢心。多年主流电影熏陶下的中国观众，对这种暗黑故事有种本能的反感。

人物的压力及选择

从塑造人物的角度来说，情节设计需要为人物的递进式呈示提供契机和空间，故事实际上是一个人物性格实验室，人物的喜怒哀乐都在这个实验室中发生，人性也通过这个实验室被检测。《肖申克的救赎》（*The Shawshank Redemption*，1994）中，男主角安迪的命运一开始就被打入灰暗绝望的境地，他因被陷害杀人而被判终身监禁。获取自由，成为这个人物一切行为的动机。在《鬼子来了》（2000）中，村民马大三必须面对强托付于他的日本兵与翻译,如何处置这个日本鬼子成了他与村民最大的困境。

剧本设计者往往不计一切手段地设置事件及情节,就是为了在人性实验室中塑造人物。人物对于情境的反射会确立他的性格,所以人性实验室或者说规定情境的设立,往往都是极端甚至超现实的。只有在极端情境中,人才会采用最本能的动作,人性才可能被最大挖掘。罗伯特·麦基说:"压力之下的选择将会剥下人物塑造的面具,我们将窥探到他们的内在本性,并在智慧之光的闪现之际把握住他们的性格真相。"[11]

真相的揭露在于重要情节点的选择(幕转折点),这往往意味着风险、失去或者牺牲,这种选择是艰难的,角色无法像初始阶段一样维持表象的平衡,他只能选择他最在乎的东西,这便是人物的真相。在最理想的故事设计情况下,人物的动作和选择因为他们具有的独特态度和观点而呈现出独特的特点,并指向人物的个人史和深层欲望。

《色,戒》中王佳芝以两个字"快走"做出她的选择。在完成任务与寻找本我的纠结中,王佳芝看似瞬间感性的决定,其实是她的必然选择。为人物设置高度压力的困境来逼迫人物做出选择,是揭示人物面目的唯一方式。《一代宗师》(2013)中,宫二在父亲被马三害死之后,选择了终身不嫁的"奉道"复仇,这是宫二的性格使然,然而这个选择意味着其个人情感生活的牺牲。《卧虎藏龙》中,玉娇龙最终在瀑布上一跃而下,也是人物的欲望逼她做出如此选择。这个有些让人意外的选择拓展出影片更加丰富的含义,也给这个人物带来更多维的性格和被解读的空间。罗伯特·麦基接着指出:"生活教给我们这一宏大原则:看似如此其实并非如此。人不可貌相。表面特征下掩盖着一个深藏的本性。若要了解深层的人物性格,唯一的途径就是通过他们在压力之下做出的选择。"[12]

所有的故事及情节的最终目的就是为人物的选择提供特定的压力。

人物的转变

剧本有时候可以先设定人物的前后变化,再去寻找能引起这些变化的事件及性格。《色,戒》的王佳芝从一个学生剧团演员慢慢变成刺杀汪伪政要的美女杀手,最终又放弃刺杀、背叛组织。故事中,所有事件及人物关系都是围绕着王佳芝的人物变化设置的。同道们的不可靠、太太们的无聊、父亲的忽视及易先生的性吸引,构成王佳芝变化的外部压力。故事是围绕着变化发展的,最后落在人物的塑形上。

两种转变模式

坎贝尔的神话理论指出,英雄被冒险召唤、失去生活平衡的担心会让英雄一开始总是像《黑客帝国》的尼奥一样拒绝召唤,但智者会促成英雄转化,随之英雄会踏上旅程,拯救世界并最终回归。回归的时候英雄已脱胎换骨,成为智者了。英雄的这种变化几乎成为超级英雄电影的佳构模式。

英雄之旅模式固然无法概括所有电影的人物发展模式,然而这个经典故事模式仍然能够为我们带来启示。从人物转化这一角度来看,绝大多数电影的人物转变可以分为两类——自我纠正和自我发现，这两种模式广泛存在且被认为行之有效。

《经典人物原型45种：创造独特角色的神话模型》[13]一书将角色的"旅程"分为两种——女性的和男性的，对应两种旅程模式：女性旅程在第一幕觉醒，并在随后的故事发展中走向重生，而男性旅程中，主角抗拒着改变，直到第三幕才做出选择。在此书中，作者维多利亚·林恩·施密特（Victoria Lynn Schmidt）强调这两种旅程并非全然以主角性别进行区分，即女性也可面对男性旅程，男性也可面对女性旅程，两种旅程的区分在于角色是积极的还是消极的。积极者有着强大的自我意识、自我中心，缺乏认同感与同情心，以及"不太能接受神秘体验"，而消极者自我意识弱、有着同情心，"容易接受神秘事物"。这两种特质在文化上倾向于对应着男性与女性，并且在电影中更多地与相应的性别重合。

男性旅程的英雄被作者认为拥有权力／力量，能够获得周边社会的支持，同时被其他角色及周边社会要求负责；女性旅程的英雄则相反，缺失权力／力量、缺乏社会性支持，被其他角色和周边社会约束。回到剧本设计中来，思考你的人物真正需要的是什么，是消极的人物找回自我主体意识，他意识到要为自己而活吗？《末路狂花》中，塞尔玛选择不再听从丈夫的管束；《黑客帝国》中，尼奥选择不再相信"现实"的谎言：这些人物在原来的世界中都缺乏主体性和权力。

积极的人物则需要纠正某种观念缺陷，通常是由权力／力量导致的情感道德缺陷，《人再囧途之泰囧》中，男主角徐朗为了工作升职前往泰国，最终认识到家庭的重要；《我不是药神》中，男主角程勇在故事的开始为了获取利润而违法走私药物,最后自掏腰包为病患提供药物。

人物会因为战胜自己的缺陷而获得转变,也会因为从黑暗中觉醒而获得升华。

无法完成转变的悲剧人物

如果缺乏自我意识或者带有观念缺陷的人,无法或者不愿及时做出改变,那会怎样呢?这是悲剧式人物的写法,如《麦克白》中的麦克白陷于长久的自我矛盾,《指环王》(*The Lord of the Rings*)系列电影中的咕噜因对魔戒的欲望而堕落。正面人物、乐观结局一般指向人物的成长(尽管一些人物未取得目标的成功,但他取得了内心的救赎);负面人物、悲观结局则指向人物无法成长、无法摆脱缺陷,正如前面提到的负面人物的悲剧性缺陷可以让其深入人心,就是因为缺陷造成了深重的自我矛盾以及不可逆转的结果。

人物的成长模式是一种令观众获得满足的结构,这是一种乐观的结构,其核心是意志与内心有着强大的力量——人物可达到目标、修正自我并获得救赎。一些现实主义作品会区别于这种具有慰藉性的乐观主义叙事,他们的人物难以走向"更好",可能是因为性格的根深蒂固(如《万箭穿心》),也可能是人物始终是被外在力量裹挟推动的,他的某种精神世界的力量在现实面前是以卵击石的(如《活着》)。

主要人物因为失去平衡而展开了英雄之旅,在常规电影故事中,他们最终都能发生转变,并找到新的平衡。《活着》中福贵虽然面对命运茫然无措且无能为力，但最终也在小外孙的陪伴下，找到生活的一抹希望。

🖉 剧本中的角色与人物关系

一个故事一般需要几个人物共同来完成。即便是《少年派的奇幻漂流》(*Life of Pi*，2012)这样的鲁滨孙式故事中，也需要父母及水手等角色来帮助少年派完成旅行，更不用说少年派还幻觉出许多自我。让多个人物生活在虚构的故事世界中，并与主要人物形成关系，是每一个故事讲述者的本能。

俄国民俗学家普罗普在《故事形态学》一书中，对100个俄国民间故事进行了研究，他认为在民间故事中，人物的行为是不变的，可以称为"功能"。功能可细分为31种，并按一定的顺序排列下来。这些功能经常纠缠在一起，从而形成"角色"。普罗普认为民间故事中的角色共有七个：反派角色、捐助者、帮助者、公主与她的父亲、派遣者、英雄、假英雄。角色及其功能是故事的两个基本元素。美国神话学者坎贝尔的《千面英雄》一书，沿用了类似的角色分类。美国电影论者沃格勒把这些角色称为原型："在故事中最常出现并且看起来对作者最有用的原型有：英雄，导师（智慧的长者），信使，变形者，阴影，伙伴，骗徒。"[14]

任何故事都需要配置不同的人物。故事中的人物都要承担一定的功能。剧本要有"生、旦、净、末、丑"的角色配置，故事才能有生命地运转起来。普罗普及沃格勒,他们只是总结出角色的几种功能。事实上,在设计剧本时,可能涉及的功能要远多于此。

角色类型

普罗普的角色定位中,强调的是功能。因为故事总是由各式人物来完成的。在剧本设计中,为了便于理解,我们用人格面具划分剧中人物的角色类型,主要有英雄、对手、助手、导师、小丑及公主等。

英 雄

英雄一般指故事的主要人物,有时候可能是有道德问题的人物或反派,如《疤面煞星》(*Scarface*,1983)中嗜杀的黑帮分子托尼。为了叙述明了,我们统称主要人物为英雄。故事是关于英雄的,或者说主要人物的。标准商业类型电影的英雄是《黑客帝国》中的主要人物尼奥,他被视为救世主,是那个被挑选出来的英雄。实际上,大多数电影都是关于英雄的,也许他们不是救世主,如《本命年》《小武》《她》中的主人公,都是普通世界中的平常人,但他们也都是自己故事世界的英雄。

故事一定都是围绕主要人物设立事件的。美国剧作理论家埃克斯指出英雄必须有一个清晰明确的问题:"英雄的问题要引起观众的兴趣。这个问题必须是你的人物有史以来所面对的最困难的问题。对全宇宙来说,它或许不是什么大问题,但对电影中的人来说最好是个大问题。"同时,"英雄必须自己解决他／她的问题。关键时刻没有人能够拯救他。他必须自己搞定……你的英雄必须自己击败邪恶力量。"[15]

关于人物的一切描述用于英雄上，都是恰当的。英雄必须面临困境及问题，英雄需要变化，英雄是行动派，英雄在故事中应该成长，当然英雄也必须有他的阴影和哈马提亚。

面临故事的主要困境而且自己解决困境的人物，才能成为故事的英雄。福贵一开始就面临妻离子散的个人问题，他花费一辈子努力去挽救，去解决，但残酷的现实还是尽可能地剥夺了他的幸福。他是故事的主要人物，也是一个无力摆脱宿命的英雄，活下来变成他唯一能向命运发出的吼叫。这跟《钢琴家》中的席皮尔曼一样，能挺过"二战"就是莫大的胜利。

英雄在故事中需要变化，他可能从无知、反叛到最后的自我拯救。英雄的性格成长，成为许多故事的主脉络，或者说叙事的动力。《色，戒》是隐藏在刺杀传奇下面的英雄成长故事。只有让王佳芝经历无知学生、热血青年、盲目杀手的过程之后，才能回到真实而孤独的自我。在这个自我拯救的故事中，王佳芝一直面临自我认知的问题，在与易先生的性错乱关系中慢慢觉醒，最终以"快走"解救了易先生，也完成了人物的自我塑形。

英雄一般来说是积极的，观众愿意把情感代入英雄身上。如果故事结局时英雄如观众所愿，那么观众的期待视野就能够得到满足，可以说观众的期待迫使英雄必须行动起来。在《新龙门客栈》（1992）中，周淮安的任务是护送英雄之后出关，为了寻找出关的地道，他必须与东厂鹰犬争斗，与老板娘虚与委蛇。英雄的所有行为，都是为了拯救他人或世界。当然有些个人英雄的奋斗只是为了解决自己的问题。《消失的爱人》（Gone Girl，2014）中的尼克，行动只是为了自救,证明自己并没有杀害妻子艾米,但这不阻碍他能成为英雄。

英雄总是从一个困境陷入另一个困境,故事就是安排英雄克服各种困境的过程。剧本设计者在故事中要安排许多事件,给英雄制造许多障碍。观众看一个故事,就是想知道英雄是如何采取行动、越过障碍的。保罗·范霍文(Paul Verhoeven)的电影《她》(*Elle*,2016)中,女主角米歇尔在家被人破门强奸,在公司被男下属嘲弄,在性上纠缠于闺蜜及她的男人之间,在家庭里被懦弱儿子和风骚的母亲双重夹击,更不用提她那梦魇般的童年和作为连环杀手的父亲。从来没有一个女性角色被置于这么多难以逾越的生活困境之中,但米歇尔从被生活强暴的女人,变为强暴生活的英雄。《她》用多重困境对米歇尔的性格进行了实验,展示出一个强悍的女性主义角色。

电影《她》女主角和猫

对 手

故事中都需要给英雄设置对手，对手往往是故事中的次要人物。

对手可以是要置英雄于死地的敌人，如《X战警》中的万磁王或《新龙门客栈》中的东厂督公曹少钦，也可以是跟英雄持分歧意见的角色，如《克莱默夫妇》(*Kramer vs. Kramer*，1979）中的太太乔安娜。在《消失的爱人》中，尼克与艾米在故事前后两段互为英雄与对手，当然这个对手已没有《克莱默夫妇》式的中产阶级温情，而是丛林法则下的你死我活。大卫·芬奇（David Fincher）把《致命诱惑》(*Fatal Attraction*，1987，阿德里安·莱恩［Adrian Lyne］执导）式的出轨惊悚用于婚姻内部的故事讲述，并取得了惊人的效果。

英雄的对手越强大，英雄的形象也就越强大。对手必须是一个有个性的角色，而且经常要比英雄强大以及不择手段。越强大的对手越能给英雄施加强大的压力，英雄的性格就越能被凸现出来，就像蝙蝠侠总需要小丑来对抗，往往只有对手才能成全主要人物。除了能力强大之外，对手往往需要一个强大的道德说辞，他们往往需要一场慷慨激昂的"演讲"，为自己的世界观及行为辩护。因为道德辩词的存在，观众有时候会觉得对手比英雄更可爱，更有人情味。就像人们常说的，没有无理由的爱，也没有无理由的恨。

尹迪克论道："在电影中，原始冲动和道德良心这两股冲突的力量，通常是用外在的人物表现的。本我往往扮演坏人的角色，而超我通常都代表智者的角色。"[16] 自我当然是英雄本身。这种自我、本我、超我的三位一体其实相当有意思，就是说英雄的特质其实有时候不仅仅在英雄角色中存在，它可能存在于对手身上，也存在于智者身上。

归根结底，故事中的所有人物其实都可以被看作是一个人物，即英雄的各种化身。

所以，对手身上可能展现出英雄的本我，甚至他和英雄的关系就像一体两面。吴宇森的《喋血双雄》（1989）中，警探与杀手之间惺惺相惜，其中一个经典片段，就是警察先坐在一把椅子上，之后闪现到杀手也坐在同一把椅子上，来表达警探与杀手之间的错位融合。到了吴宇森导演的好莱坞电影《变脸》（*Face/Off*, 1997）中，英雄与对手干脆互换了身份。英雄在战胜对手的时候，经常是在战胜英雄的本我。作为本我的对手往往是百无禁忌的，往往是英雄内心最反叛、最阴暗的潜意识。

而有些故事中，英雄可能没有外在的对手，英雄的问题是内心冲突，是自我与本我还有超我之间的冲突。《本命年》中，李慧泉身边几乎都是他的朋友、爱慕对象、邻居及片警等，唯一跟他形成一点冲突的是倒爷崔永利，但崔也并非他的对手。最后杀死李慧泉的也是街边偶遇的小混混，此前他们并无任何冲突。英雄李慧泉的对手是他自己，延伸说就是当时的社会现实。这是更加反戏剧性的现实主义写法，作为一部公映于1990年的电影，《本命年》的社会批判力度超乎想象。

《末路狂花》中，具象的对手貌似是要强暴塞尔玛的男子，而抽象出来却是压制她们的无处不在的男性权力。把对手进行抽象化处理让这个故事不再局限于个人，而上升到性别层次及社会层面。分析这样的一个电影故事，不能不跟当时的女权运动联系起来。到了2016年的法国电影《她》，对手不仅仅是男性权力了，更泛化到整个文化层面，米歇尔除了感受到男性的压力，如邻居的强奸及男下属的侮辱，还需要忍受父权压榨，如连环杀人犯父亲的影响。婚姻、两性、家庭及社会都在对米歇尔肉体及精神施暴，她的周边全是她的对手。全面且强悍的对手，衬托了英雄米歇尔的强大。依赖着全是对手的社会现实，《她》造就了影史上最有力量的孤胆女性英雄。

英雄与对手是一种共生关系。棋逢敌手是最好的状态。设计英雄的时候，往往要花更多时间设计英雄的对手。具有正面色彩的英雄，剧本设计者要强调他的阴影及哈马提亚，而对于具有反面色彩的对手，则往往要强调其道德说辞及可理解的心理动机。

助　手

助手的角色往往是英雄的伙伴，他经常承担故事的喜剧或启示功能，是陪伴、帮助并能与英雄进行对话的人，是英雄内心的窗口。神探福尔摩斯身边少不了喜欢问问题的华生，取经路上的唐僧也需要四个性格各异的徒弟。否则，英雄会过于寂寞，故事也会过于沉闷。

借助于助手角色，英雄的能力可以得到延伸，更多时候观众可以在助手的帮助下，一窥英雄芳心。《一代宗师》中，宫家的侍从福星作为宫二的助手，试探过宫二与叶问之间的关系，从宫二的回答"谁都能没规矩，就我们不行"中，知道宫二是死心塌地地"奉道"。《消失的爱人》前半段故事中，双胞胎妹妹玛戈充当英雄尼克的伙伴。她坚定地站在尼克的身边，相信尼克的妻子艾米不是尼克杀的。作为助手的她出谋划策、用尽手段，就是为了让尼克早日脱罪。

每个英雄都至少需要一个助手来交流，或来表达英雄的内心。有时候导师或情人也兼当英雄的助手。《活着》中，福贵的妻子是他的助手，在福贵一无所有的时候，她带孩子回到他身边；在他多年不见音信的时候，她帮他拉扯着孩子；在他敢怒不敢言的时候，她替他撒泼解气。助手也可以反衬英雄的性格与行为。在探案故事中，都需要一个类似华生的好奇助手，他可以帮助我们向英雄询问，以帮助我们了解故事的前情及内因。

助手与英雄有同样的目标，虽然助手经常会有自己的欲望，但在故事中，他总是处于服从地位，有时候对手通过打击助手来打击英雄。事件推进型的故事常常需要伙伴式的助手。在一些故事中，孤独的英雄人物有时候并不需要伙伴，以显示自己的寂寞或孤立无援。《本命年》中李慧泉单身出狱，无父无母，生活中只有有交集的人物，没有可交流的对象，唯一爱慕的歌手赵雅秋，却也没有和他形成伙伴关系，而以前的玩伴方叉子，除了给他带来新的问题之外，对于他孤独的人生并无一丝帮助。可以说，李慧泉是那个时代的孤独英雄。

《肖申克的救赎》中，老囚犯瑞德是安迪的助手，但故事的巧妙之处正在于它是从助手的角度叙述的，因此基本上是瑞德眼中的一个神奇罪犯脱狱的故事。助手引导观众旁观英雄的旅程，观众只了解助手所了解的英雄，英雄与助手和观众都保持一定的距离，这让故事中的英雄安迪更具神秘和孤独感。这种英雄与助手的关系是福尔摩斯与华生经典关系的延伸和拓展。

导　师

也称为智者，他在英雄旅程中能给英雄指导，或赐予英雄宝剑，或教会英雄武功。最具典型意义的导师，是《黑客帝国》中的墨菲斯，他千辛万苦找到尼奥，并相信尼奥是救世主。导师墨菲斯向英雄尼奥下达拯救世界的任务，同时赐给他能力，为了保护他，还牺牲了自己的性命。墨菲斯完美地阐释了导师在英雄旅程中的功用：发现、启蒙、指导及牺牲。商业类型电影中这种导师（包括指引人生方向、精神及职业等）的角色基本上都是可用一句话概括的扁形人物，比如《王牌特工：特工学院》（*Kingsman: The Secret Service*，2015）中引领街头混混艾格西走上特工道路的导师哈里。

导师经常是能力高强者，或是中国武侠电影中的师父，如《醉拳》（1978）中的师父苏乞儿，或是某些事情的有经验者，如《阳光灿烂的日子》（1994）中的刘忆苦。刘忆苦是大院里的"头儿"，是马小军打架、闹事，尤其是拍婆子的老师。就像《牯岭街少年杀人事件》（1991）中的哈尼对小四的意义一样，刘忆苦既是马小军的导师，也是潜在的对手。

导师的身份不但会转变，有时候也有真假之分。《色，戒》中王佳芝看起来像有两位导师，一位是推动她走上爱国杀手道路的邝裕民，另一位是促使她自省的易先生。两位导师担任的任务不同，最终在英雄之旅中的作用也不同。邝裕民以导师面目出现，但最终不被英雄信任，让位于易先生。第一次在香港刺杀时的狼狈，以及之后在上海布置任务时的冷漠，让邝裕民开始露出假导师的尾巴。当王佳芝说出易先生"像条蛇一样，往我的心里越钻越深"台词的时候，我们发现王佳芝的真正导师是易先生，这一点其实在她迷恋易先生的性爱中已隐隐出现。故事中真假导师的设置，让刺杀由原先的主故事，变成王佳芝"自我觉醒"这一故事的副线。真导师易先生的出现也让观众意识到故事的真正主题,以及英雄的真正欲望。

导师有时候不仅是英雄崇拜的对象,也是英雄想成为的那个角色。坎贝尔的"英雄之旅"中提及英雄最终往往是回归家乡,而且成为智者。《王牌特工:特工学院》中,艾格西的目标当然是成为哈里这样的金士曼特工,他最后不仅成功了,而且在《王牌特工2:黄金圈》(*Kingsman: The Golden Circle*,2017)中还成了拯救哈里的人物。

导师是影响英雄的主要角色,他们除了经常给英雄设置任务、指明方向之外,还经常让英雄因为自己施加的压力而产生心理上的变化。并不是所有导师都是无私帮助英雄的,有时候导师也会给英雄带来负面力量。

除了英雄、对手、助手及导师外,故事中往往还有信使、小丑及

电影《王牌特工:特工学院》中的金士曼特工哈里

公主等角色。故事讲述者需要根据故事的类型及英雄的需要创造角色，或者把这些角色的功能并置在其他角色身上，或者经常让一个角色身兼几个功能。《沉默的羔羊》中汉尼拔就是如此，他身兼警察克拉丽丝的导师与助手，有时候甚至是对手。故事开始时，克拉丽丝去地牢里初会汉尼拔的时候，汉尼拔完全是以对手的身份出现的；随着二人关系的展开，汉尼拔慢慢成了警察的助手；而当汉尼拔对克拉丽丝进行心理分析的时候，他成了她的导师，是她旅程中的智者。

像汉尼拔这种杂糅着几种功能的角色，往往就是一句话难以概括的圆形人物。一般商业类型电影中，角色通常只有某种特定的功能，导师就是导师，助手就是助手，而像这种助手可能也是对手的角色功能设计，经常导致人物行为更复杂，内心更丰富，需要调动起观众在接受过程中更多的情绪，也考验故事讲述者的设计能力。

英雄角色与周边其他人物的关系

除了英雄之外，故事中的其他人物都可以说是次要人物，包括对手、助手、导师等。按照亨利·詹姆斯的照明理论："如果你的人物占据了生活圈的中心，并且所有其他与之有互动的人物都围绕着他，那么，每当有人与主要人物发生互动时，其他人物就会揭示或阐释主要人物的不同侧面。"[17]周边次要人物存在的唯一目的就是揭示英雄的各个侧面，即各个自我。对手经常代表英雄的本我，代表着英雄人物所面临的各种禁忌；导师则代表英雄的超我，是道德上的纯化。

罗伯特·麦基指出："配角是由中心人物所激发，旨在描画其复杂的维……在理想的情况下，在每一个场景中，每一个人物都会带出一些素质，标志着其他人物的维，而所有这些都被位于中心的主人公的重力所固定，形成一个星群。"[18] 这个星群指的是类似中国京剧"生旦净末丑"的群体设置。在这个群体中，他们各有功能，互相存有引力。如果英雄是太阳的话，助手及导师可能就是环绕太阳的行星，对手可能是吞噬太阳的黑洞。所有角色构成一个巨大引力群，他们共生在故事之中，移动或改变任何一个角色，都有可能改变星群的结构与平衡。

剧本设计者应该让剧本里的人物各有各的位置，并且主次分明，构置出一个有生命力的共生人物关系。要围绕一个主要人物，安排其他辅助的次要人物。

在《她》中，由伊莎贝尔·于佩尔（Isabelle Huppert）扮演的女主角米歇尔是一个强势的独居女性，几乎无坚不摧。随着她在家中遭到强暴，并决定独自查出暴徒的情节推进，一个个令她充满压力的人物，在她的工作和生活场景中逐个登场。这包括人物的强奸犯邻居、儿子与儿子女朋友、母亲与父亲、公司下属、同事兼女闺蜜、情夫及前夫。所有人物都是因为跟米歇尔产生关系才存在的。这些人物的功能也是根据主要人物米歇尔性格塑造的需要而设立的：给她造成巨大性格阴影的连环杀手父亲，直接强奸她的变态邻居，公然嘲弄她的公司男下属，与她有多重纠缠关系的女闺蜜，无能的儿子及他强悍的妻子，风骚母亲和她的艾滋病男友。这些人物基本覆盖并且强化了一名巴黎职业女性所能遇见的众多社会压力。这些人物的设置无一不是为了突出米歇尔的性格。比如说女闺蜜，米歇尔不仅跟她的丈夫偷情，最终还与她成了一对,携手共赴未来。围绕在主要人物周边的所有行星人物最终用引力合力把米歇尔牢牢地固定在她的轨道上。

　　人物是在处理他与周边人物关系的时候展现出性格的。塑造人物,一定要强调他的主动性。人物解决事情及处理关系,只有在主动性的过程中,性格才能丰富生动。被动人物是很难显示出性格的。人物具有行动主动性的关键是充满危机和欲望。

　　次要人物也要拥有性格。在一个星系式的人物关系中,每个人物都要有自己的运行轨道。次要人物同样需要一整套前史、职业及私人生活。他跟英雄的关系是什么?他在影片中发挥什么样的功用?这些都决定了他的性格设定。英雄间接创造了所有周边人物,他们存在的唯一理由,就是要与英雄建立直接或间接的关系,目的都是为了英雄创造出复杂多样的规定情境,以体现英雄人物的复杂性。次要人物拓展英雄性格中的各种维度,或增加英雄旅程中的障碍,或帮助英雄清除障碍。比如《色,戒》中邝裕民这个人物,他既是王佳芝参加进步学生活动的引路人,又跟王佳芝有情感上的互相吸引,是王佳芝刺杀活动的伙伴,同时也是利用王佳芝的政治组织中的一员。邝裕民与王佳芝的每一重关系,都能拓展王佳芝性格中的某一种层面,利于铸就王佳芝复杂的人物性格。

　　《色,戒》中,以易太太为首的太太圈其实也是很有意思的次要人物设计。电影开始的第一场戏就发生在最后挑钻戒情节的前几个小时。易太太的牌桌戏意义重大。首先,观众直观地感受到一场"海上旧梦"的文化奇观,这是最浅显的;其次,牌桌戏交代大量信息,包括几位太太相互之间的关系(易太太一定是讨厌马太太的,所以她总拿王佳芝做挡箭牌），我们可以简单推测，马太太也是易先生的一个情妇。镜头从下人递馄饨的动作推进至牌桌，对几位太太的手部与钻戒进行特写，尤为突出钻戒，可以看到王佳芝比起其他太太而言真的非常寒酸。在这场动作密集的戏中，王佳芝是格格不入的。显然她不属于太太圈。她是孤独的，她的悲剧性在于她不被任何圈子接纳。牌桌上，王佳芝的戒指、耳饰、领扣与其他太太的相比都是最不起眼的，她们每一位都有熠熠生辉的宝石，但是她们都没有鸽子蛋，鸽子蛋才是钻戒中的至重之物。牌桌戏不久后，却是身世飘零、孤独的麦太太王佳芝获得了最珍贵的鸽子蛋。正是由于牌桌戏铺垫得好，展示了几位太太各自的小九九，将王佳芝与她们的关系描述得巧妙而清晰，为全片高潮时王佳芝戴上鸽子蛋后的瞬间感动及决定，在这场戏的人物关系中，做出了完整的铺陈。

人物关系的确立除了与主要人物有关，同时也必须与事件本身有关。《寻枪》（2002）中，核心事件是丢枪以及寻枪。设计的人物除了要与主要人物马山有关系之外，更必须与枪的丢失及寻回有关。侧重情绪的电影《悲情城市》中，主要人物是陈松勇饰演的林文雄与梁朝伟饰演的林文清。次要人物的设定除了跟他们有关之外，也尽量扩散到当时台湾的各个阶层，包括只在广播及人物谈论中出现的省长陈仪。或许正是这种看似散漫的人物关系设置，才让故事弥漫着特定历史氛围下的悲伤。

如何建立一个故事中的人物关系

剧本设计者在讲述故事之前，一般需要制作一张人物关系图。这个图也可以说是故事中人物的星系图。哪个人物是被围绕的恒星？哪些人物又是围着它转的行星？行星之间又怎么展开引力关系？最终的星系图又是怎么保持平衡的？一个好的故事，星系中的每个人都得发挥他恰如其分的作用。

下面我们来探讨下《色，戒》中的人物关系。

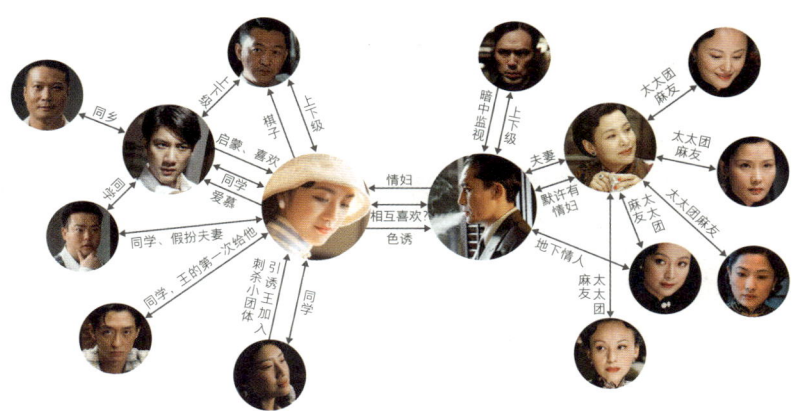

《色，戒》人物关系图

故事的核心人物是王佳芝，最重要的人物关系当然是她与易先生之间的关系，这种关系混合着对手、导师及情人。次一层人物关系是王佳芝与邝裕民的关系，夹杂着启蒙者及伙伴等。然后从易先生引出易太太，从邝裕民引出重庆上级与一批同志。王佳芝是这个人物星群的核心，其他人物都围绕着这个核心。

如何建立故事中的人物关系是剧本设计者面临的一道难题。首先，剧本设计者要确立主要人物或主要人物关系，之后围绕这个人物、这组关系或这个事件来确立周边人物。故事类型不同，需要确立的人物关系也不同，比如情感故事中，你可能不需要确立一个与主角争得你死我活的反派角色，而只需要能产生冲突的对手，像《克莱默夫妇》中的克莱默夫人。但也有极端的例子，如《消失的爱人》中的情感对手是一个要置对方于死地的敌人。当然《消失的爱人》也不是普通的情感故事，而是惊悚故事。故事的类型会决定剧本设计者对人物关系的设置及选择。

一般来说，故事中的人物越少越好。故事的时长及容量其实都有一定的限制，剧本设计者应该尽量把人物的功能合并，创造出像汉尼拔、易先生这样身兼多种功能的角色。合并会让角色拥有更大的丰富性。虽然圆形人物很难归类，但是一旦给扁形人物设置各种毛边及冲突，扁形人物可能慢慢也会成为圆形人物。数量有限的故事人物，会让观众更加聚焦，更容易被带入故事。无论故事中的人物是不是只有一句台词，或只有一个动作，故事讲述者都要构建这个人物的一切。只有"这一个"，才能具成独特性。永远不要因为人物在故事中的地位不重要而轻视他。比较简单有效的方法是剧本设计者循着主要人物的私人生活、职业生活及社会生活来创造其他人物。剧本设计者花更多时间在主要人物身上，只是因为主要人物需要建构的世界可能更庞大。没有显露出来的水下冰山可能是人物性格的主要成因，并决定人物在故事中的行为举止。

当我们确立一个故事时，主要人物应该已具雏形。故事与人物有时候很难截然分清。有时故事包含人物，人物又自带故事。《寻枪》中，马山丢了枪，是故事；丢了枪的马山，是人物。所以设置故事时，经常从人物入手，马山是个什么样的人？他在丢枪后的反应会是什么？他怎么丢的枪？人物有了，故事自然而然就会有了。

在给主要人物设置关系的过程中，人物的性格应该慢慢成形。每个次要人物都是主要人物性格侧面的延伸。次要人物之间的关系当然也必须确立，但总体来说，这些关系都需要作用到主要人物身上，就像《色，戒》中牌桌上那些太太之间的关系戏，对王佳芝的行动线是有明确的作用力的。

塑造人物的手段

不管是创造英雄或他的助手、对手及导师等，剧本设计者要明白罗伯特·麦基下面这句话的本意："人物塑造是所有可观察的素质的总和，是一个使人物独一无二的综合体。"[19]除了这些可观察的素质，人物其实还包含着他的第二自我、内心欲望及童年创伤，这些是不容易被观察到的，但剧本设计者必须让这些内在的心理因素在未来的电影中被观察到。剧本设计者虽然被限制于只能用文字进行表现，但他需要有影像、声音、表演方面的想象，只有调动设计者的所有感知器官，人物才能在想象中成形。

人物的出场

剧本设计者对人物的出场需要精心的准备，出场的方式经常暗示人物的身份及性格，尤其是商业电影中的扁形人物，他们在出场的时候就已经被定位了性格。

小说《红楼梦》是从林黛玉的视角观察贾宝玉的出场的。先是"黛玉亦常听得母亲说过，二舅母生的有个表兄，乃衔玉而诞，顽劣异常，极恶读书，最喜在内帏厮混"，这是外人评论，之后是宝玉母亲王夫人评价"他嘴里一时甜言蜜语，一时有天无日，一时又疯疯傻傻，只休信他"，这两个评论让林黛玉内心生出点对宝玉的轻视，自忖道："这个宝玉，不知是怎生个惫懒人物，懵懂顽童？"直至宝玉进来，却是一位年轻公子，"面若中秋之月，色如春晓之花，鬓若刀裁，眉如墨画，面如桃瓣，目若秋波，虽怒时而若笑，即视而有情"，不仅相貌堂堂，有情有款，关键的是"黛玉一见，便吃一大惊，心下想道：'好生奇怪，倒像在那里见过一般，何等眼熟到如此！'"。[20]

故事讲述者通过别人眼中的贾宝玉，误导林黛玉对贾宝玉产生印象，直至见面后发现不仅不是一个"惫懒人物"，反而是"那里见过一般"的一见钟情。这样的出场不仅有效建立起人物性格，而且为两个主要人物关系的推进奠定了基础。所以在涉及主要人物的出场时，剧本设计者一定要精心铺排，为人物出场"造势"，让大家对这个人物产生一种强烈的期待感。人物的出场是否满足观众的期待？是否强烈地召唤起观众的好奇心？

粗略归纳，主要人物出场可以再细分为三个大的类型。

夸张型

这种方式是剧本设计者让其他人物对主要人物进行各种铺垫描述之后，再让主要人物以特殊的方式出场。《沉默的羔羊》中，汉尼拔的出场是经典的夸张型，有着强调性的铺垫和最终的反差性形象。从上司克劳福派克拉丽丝去找汉尼拔的慎重，到主管奇顿医生的描述——"他是魔头，一个变态狂人，能生擒一个极为不易"。通过通往地底深处层层铁门关押的未知悬念，以及牢警严肃的表情和同监犯人"我可以闻到你私处"的恶心铺垫后，观众看到的是一个穿着整齐、笔直站立、优雅地吐出"早安"一词的汉尼拔博士。这种大量笔墨的强反差夸张铺垫，不仅引起克拉丽丝对汉尼拔的好奇，也让观众期待这个人物与主角展开对峙。

神秘型

指的是以神龙见首不见尾的方式推出人物。典型的例子是《杀手里昂》（*Léon*，1994）的男主角里昂的出场。观众永远只看得到里昂的局部，故事讲述者更多的是讲述里昂的对手对他越来越多的恐惧。虽然有些故弄玄虚，每一段只介绍主角的一部分，但这种神秘型的出场方式能让观众感受到主角的威力，直至最后才窥见主角的全貌，故事讲述者用悬念的方式调动起观众对即将出场的人物的兴趣。

性格型

《东邪西毒》（1994）中林青霞扮演的角色慕容嫣，一出场是雌雄难辨。当店小二拍桌问道："你到底是男的还是女的？"答曰："堂堂大燕国的公主，慕容家的小姐，你竟敢如此冒犯我，信不信我杀了你。"一问一答之间，慕容嫣的分裂性格，已跃然而出。此后慕容嫣的所有行为都是遵循着出场定下的性格调子而产生的。

人物的出场看起来是一个技术化和局部性的问题，但是它一定奠定着整部电影的风格和格调。从人物的出场方式中，观众就可以感觉出叙述者对于这个故事的态度，以及故事的走向。

人物出场的环境对人物的性格也有指向性作用。人物是在什么环境下出场，有时候可以代表这个人物的性格。人物出场的环境包含地理的和文化的，实际的以及虚构的。《沉默的羔羊》中克拉丽丝的出场，是人物跑过一大段训练场地之后又在漫长的迷宫一样的走廊里行走，这种环境暗示出她一种柔中带刚但不太成熟的性格。正因为如此，她后来才会被汉尼拔吸引甚至利用。这段出场也把克拉丽丝性格中的不屈不挠表现得淋漓尽致。《女人四十》（1995）女主角的出场方式，是在菜市场上等着活鱼变死鱼后才购买。杂乱的现实场景、独特的思维模式，让女主角的小市民面具在出场时就已然被牢牢贴上。

京剧及古希腊戏剧中，角色都是化着特定妆容或戴着人格面具出场的，角色的性格由他们的面具决定。故事讲述者同样需要让角色戴着人格面具出场。《重庆森林》（1994）中阿菲的出场是由阿武的画外音引出的："我跟她最接近的时候，我们之间的距离只有0.01公分，我对她一无所知，六个钟头之后，她喜欢了另外一个男人。"这种直接用画外音给人物戴上人格面具的方式，在《东邪西毒》中也曾大量应用。在这两部几乎同年完成的可以互文的电影中，王家卫并没有按部就班地去发展人物性格，而是直接给她们贴上人格面具，无论阿菲还是慕容燕，出场的时候就定性了，后面的故事只是对她们出场的诠释而已。

规定情境

情境就是故事给人物生活创造的一个实验室，人物需要在极端环境中体验普通人一辈子难以体验到的事件，在压力之下做各种两难的选择。除了地理条件之外，还要有人文、心理、社会关系等，这些整合起来一同构成人物活动的规定情境，人物在规定情境中也应该出现心理、历史、种族、阶级、世俗、经济等方面的戏剧冲突。

《色，戒》最表层的叙事是"女人与钻石"，女人容易因钻石的光芒而被诱惑，做出非理性的选择；其次影片又是间谍类型片，逃不开忠诚/背叛、真情/假意的人物设置；最后影片还在指涉国族、历史、个人的关系，假"个人"之名，给予历史一份悲情的凝视。把以上这三个层次逐渐放大来看，人物与规定情境的关系也渐次进入假定性。人物置身上海法租界的气氛中，虚虚实实之间，珠宝店、时装店、皮货店都作为历史的影子闪现。规定情境将人物局限在当时的语境中：因为战时的辗转飘零，王佳芝永远被抛弃；因为易先生是汪伪政府的特务，他必须狠毒地对待那些不怀好意的人；因为爱国高于一切，邝裕民自觉回避了他对王佳芝的爱。环境给人物施加压力，成为塑造人物的推动力。

规定情境是什么？从大的方面而言，规定情境是故事发生的时代背景，而小的规定情境可以包括一场戏里的人物关系、故事发生的具体场景。当然规定情境并不仅仅包含上面这两方面,而应该包含故事中影响人物选择的一切,时代、环境、社会文化、人物的性格特征、人物之间的关系、人物的政治倾向等,当然也包括故事的事件与情节。

创造人物活动的规定情境,是要创造一个超越我们真实生活的世界。《万箭穿心》偏向写实,但从另一个角度,创作者是把李宝莉这样一个人物奇观化、极致化。规定情境都是高度戏剧化的,但戏剧化不是虚假化。人物需要在规定情境中展开行动,这就要求故事讲述者将其创造得有张力。最好的故事,都是人物一开始就被卷入一个特殊的规定情境中。

规定情境是人物的炼狱,要让人物在其中瞬间体会到人生所有的喜怒哀乐。《少年派的奇幻漂流》是典型的失衡规定情境的设定:痛失亲人、海上求生、幻觉控制。少年派在一夜之间掉入人生炼狱,苦苦且无望地挣扎着。

规定情境是对压力的试验。对于一个故事的铺垫,所有目的就是要让人物被逼到某种两难的规定情境中。人物面临的压力越大,做选择时的困惑就越大,因此人物的最终决定就越能体现人物的真正本性。因为人物做出了选择,所以人物存在了。一旦剧本设计者不了解这种选择的必然性,只能说他并没有对人物的世界进行一个周密的设定。剧本设计者可能还没有做好准备,就贸然开始故事的讲述。不过有时候,压力之下的人物所做出的选择,是跟人物的人格面具相反的,是由人物的第二自我决定的。《色,戒》中钻石店那个特殊的规定情境,是把王佳芝放在压力锅中,混杂着民族大义及个人情欲的复杂味道让王佳芝只能在瞬间做出纯感性的选择。王佳芝第二自我的欲望战胜了理性，也可以说是本我战胜了自我。

　　一个故事就是一个大的规定情境。在故事中，设计者又创造出许多次一层的规定情境。一个故事就是要创造好多能够形成不同时空状态及情绪状态的规定情境。一个电影故事，需要给人物或人物关系创造出30到40场规定情境，比如写两人的恋爱关系，要在这三四十场中写他们是怎么认识的，在什么地点认识的，然后两人的关系怎么发展的，最终又是怎么了结的。故事就是要把人物放到一个使观众感觉特别又能体验人物关系的情境中去。

　　《阳光灿烂的日子》中马小军与米兰几场关系转折的戏，都是在精心制造的情境中发展并推动的。马小军第一次见到米兰实际上是

电影《阳光灿烂的日子》中宁静扮演的米兰

在"初识画中人"的铺垫之后。在一个燥热的午后,马小军在大街上尾随着漂亮姑娘米兰,电影以马小军的视角连续表现米兰的背影,少年炽热的情感使他对着迷人的背影心动不已,而米兰只把他当作小毛孩。当米兰褪去墨镜微微扬起青春且骄傲的脸庞时,少年马小军完全被击中,只剩下莽撞的热忱。人对于少年的记忆总蒙着一层暧昧的美感,这一幕情境设置堪称妙笔,将少年性意识的启蒙描绘得微妙且意味十足。

再来看马小军对米兰"雨中示爱"的这场表白戏。马小军酒后壮胆来到米兰家楼下,倾盆大雨更加刺激马小军要向米兰表白,他在大雨中呼喊:"米兰!米兰!"这个情境中,大雨、闪电等元素衬托了马小军的心理状态,表现出少年对爱情猛烈的向往。当两人在雨中拥抱在一起时,马小军大喊"我喜欢你",米兰再次向他确认时,他却说"我车掉沟里了"。这场戏拥有堪称经典的规定情境设置及人物表现,人物性格跃然而出。

影片中为马小军"成人"这场戏设置的规定情境,不仅让影片在叙事上达到完美高潮,让"成人"马小军与少年的"我"进行悲壮的告别,而且更富象征意义,用具体的场景、人物形象和动作表现成人的仪式感。马小军登上高高的跳台,用优美的动作起跳,而落下时却像一个不会游泳的人一样挣扎,故事讲述者用诗意的"起跳"与"落下"隐喻人生的"阳光灿烂"和"现实平凡"。小伙伴们争着踹泳池里的马小军,隐喻性地展现了"阳光灿烂的日子"一去不复返。

情境不仅仅是场景,而是故事中一切的总和。剧本设计者在设计规定情境时,要有一种强烈的画面感,要在想象中构造出声、光、色的影像来。规定情境是生动具象的,不应该只是干巴巴的文字。剧本设计者要像知晓人物的一切一样,知晓规定情境中的一切,而且要不遗余力地创造利于展开人物性格的情境。姜文的电影如《阳光灿烂的日子》、《鬼子来了》、《让子弹飞》(2010)等,在规定情境的制造上都是很精细的,不仅人物在其中压力十足,而且戏剧性冲突足,且经常不缺反讽意味。

《鬼子来了》中马大三一直在保护的鬼子兵,结尾时却成了取马大三首级的人;《让子弹飞》中吃着火锅唱着歌的开始段落;《阳光灿烂的日子》中米兰等几个女生强闯男生浴室……这些情境都兼顾了人物性格、文化以及社会的方方面面,并且精选了具体场景,设定了人物之间的特殊关系,是在某种精心布置的影像之下展开的。

规定情境的设置是对剧本设计者的考验,在局部场景中要细节化处理,具体到光影及表演,在整个故事中要着眼大的氛围,包括影调、社会文化、伦理人性等。电影《黄土地》(1985)中触目无边的黄色、麻木不仁的脸、民智未开的传统文化等,这一切构成了整个故事的规定情境。所以,规定情境既是整个电影的调性,也是一个场景的调性,它的存在意义就在于它会对人物性格塑造及故事的展开产生重要的影响。

人物的冲突

剧本设计者必须用冲突来塑造人物。故事中的人物有以下三种冲突:与他人的冲突、与世界及环境的冲突以及与自我的冲突。冲突是人物的一切，没有冲突也要创造冲突。故事就是要让观众看到人物所处的冲突状态。虽然冲突有内在的和外在的，但电影是视听艺术，即便是内在的冲突，剧本设计者也需要用文字在剧本中进行外在化的表现。故事要让观众看到冲突本身，而不仅仅是想象到冲突。看到的冲突当然也应该让观众联想到更多内在的冲突。

人物的冲突经常来自人物的焦虑。尹迪克曾论断："焦虑是一种存在主义的冲突，即当一个人在世界中不知所措时显现出的不安感。这种冲突来自一个人相信他在宇宙中的存在必定是有目的或有意义的，但却发觉他在自己的生命中，一点也感受不到目的或意义。"[21]在英雄的旅程中，英雄往往是困惑、焦虑的，可能正是这种焦虑，让他接受智者的冒险召唤，开始英雄之旅。所以在故事中，一开始英雄经常不满足现实状况，或者说英雄总是被现实抛弃的。《本命年》中的李慧泉从牢里出来后，现实完全改天换地了，周边人跟他有一层隐形的距离。李慧泉的焦虑只能通过看半裸女子图片进行自慰来得到缓解。李慧泉企图拯救自我，但心仪的对象——歌手赵雅秋——的堕落成了压垮他的最后一根稻草。最终李慧泉被混混刺中，身上流着血在人群中逆行，孤零零地死在空荡荡的广场之上，这个画面跟影片开头他背着行李一个人走在地下道一样。对孤独感到焦虑是他的处境，他跟周边一切充满紧张的冲突，虽然这种与社会环境的冲突看起来不那么激烈，但它无所不在，结果就是李慧泉孤独死去。

人物的冲突，尤其是与自我的冲突，还源于人物的原罪、恐惧、创伤等内心的挣扎。《霸王别姬》中程蝶衣的焦虑是性别认同，"我本是男儿郎"还是"我本是女娇娥"成为这个人物所有（与自我及与社会）的冲突根源。程蝶衣的冲突更多是自我的冲突，童年的创伤成了他与这个世界无法和解的冲突之源。

人物的动作

温习一下悉德·菲尔德关于人物的观点很有意义："什么是人物？动作即是人物，一个人如何，在于他做了些什么，而不是他说了些什么，电影是关乎行为的。"[22] 人物在故事中的动作直接被认为是人物本身。

《活着》中，在龙二被枪毙的时候，尿遁中的福贵听到枪声，不自觉地抖了两下背影，背部发抖的动作就体现了福贵这个人物，显示出一个小人物在大时代死里逃生的幸存感，胜过表情丰富的脸。还有在这部电影中，福贵整体松垮的状态，全是特定人物的特定动作。这些动作当然来自演员的表演，但剧本设计者应该在剧本创作阶段就对这些人物动作有具体的描述。

每一个动作，都是人物内心的反射。大多数时候对白是多余的，动作就能让人物的内心显露无遗。《色，戒》中易先生听王佳芝唱《天涯歌女》时瞬间流露出来的眼神，可以说是这个被压抑的人物极少有的内心反应，这个眼神动作堪比易先生在做爱时极端扭曲的动作。人物不仅仅只对情境有反射，这种反射还促使人物经常要做出动作选择，改变情境。人物的动作也代表了人物的积极性。人物在两难处境中的选择，不应该是被动的。这种选择经常是主动性的，代表人物想去改变他的处境。

人物的动作，尤其是积极性的动作，更能体现人物的性格。《一代宗师》中宫羽田出场时的挖耳动作，让一位睥睨广东武林的北方宗师跃然而出。剧本设计者经常会被质疑：这个人物有些被动。这句话的潜台词是这个人物的性格不鲜明。故事需要圆形人物，但不能容忍模棱两可的人物。现实生活中可能有许多难以被定位的人，但在故事中不允许面目模糊的人物出现。故事中的人物都是性格鲜明、爱憎有度的，他们经常会被归类，能被审美。

我们在中国的功夫电影中更能确切体会"动作即人物"的含义。《战狼2》（2017）中，冷锋的性格更多体现在他的武打动作中；成龙的动作电影，不管是什么类型，观众都能从偏喜剧的动作设计中，看到一个小人物的功夫形象；而《一代宗师》中叶问与宫二在金楼的比武打斗，则完全是情人间的定情表演，武打动作除了显示人物性格之外，还被赋予更多言外之意。

所有动作都显示了人物。如果人物没有行动，也就没有存在感。人物需要那些能让观众瞬间明白他是怎样的人的动作。动作是人物的人格面具。所以菲尔德才会如此断然下结论：动作即人物。

人物的语言

剧本中，可能涉及的人物语言分为对白、心理独白及旁白等。旁白不仅仅解释画面，还经常有结构性的作用，并能显示画面的互文性。《东邪西毒》中，时空不按照线性顺序排列，结构呈现碎片化组合。讲述者的目的是营造现实世界以外的心理世界，并使用旁白将碎片式的情节黏合起来。据统计，《东邪西毒》共出现47次旁白（其中欧阳锋38次，黄药师6次，盲剑客3次），影片共分为五个相对独立的小故事：醉生梦死酒、分裂的慕容燕、盲武士之死、洪七闯江湖、大嫂之恋。欧阳锋、黄药师、大嫂三个角色分别以独白或旁白方式完成各自叙述的部分。旁白不仅引领叙事，还相互指涉人物关系。这是一个相当极致的例子。

《阳光灿烂的日子》中，马小军回忆起他狠打刘忆苦的旁白，更有意思：

> 千万别相信这个，我从来就没有这么勇敢过，这么壮烈过。我不断发誓要老老实实讲故事，可是说真话的愿望有多么强烈，受到的干扰就有多么的大，我悲哀地发现，根本就无法还原真实……我现在怀疑和米兰第一次相识就是伪造的，其实我根本就没有在马路上遇见她。

这段旁白可以说是对故事的一种反动，不仅增加故事的间离感，而且还不断强调故事的虚构感。通过旁白，故事讲述者不但暴露自己，而且提醒接受者自己会撒谎，或者已经撒谎，敬请注意。依赖这种间离效果的旁白，《阳光灿烂的日子》增加了故事的维度。

剧本设计者在剧本中面临的最主要问题是对白。

"对白不是对话。"[23] 罗伯特·麦基对于对白的定义很准。故事中，即使生活型的对白也是对白，不能等同于生活中的日常对话。对白是精心设计、体现故事内核的主要声音。剧本设计者最经常受到的羞辱是来自演员对对白的怀疑。对白是剧本设计者最容易又是最难处理的剧本元素。导演可以对剧本中所有设定做出与剧本设计者想象迥异的处理，唯有对白改变不了，当然前提是导演是一个尊重剧本的创作者。从这种意义上说，电影中只有对白是真正属于剧本设计者的。虽然演员念对白的方式、语气可能与剧本设计者想象的完全不一样，但演员毕竟一字不差地念出你设计的对白来了，这已经是一件不能再美好的事了。

人物开口说话有两个目的：一个是推动情节发展，一个是在对白中表达人物的性格。台词如果只有字面上的含意，那是很糟糕的，因此至少要注意下面这几点。

潜台词

最重要的是隐藏在字面后面的潜台词。最好的台词应该有多层意思："你只让人物说了台词，而没表达出人物的潜台词。潜台词是没有说出来的台词，是人们的真正意思，但是却没说出口。"[24] 潜台词才是人们的真正意思，这句话是真理。

《色，戒》中，王佳芝与邝裕民在上海再次相逢，他们聊及过去的香港往事，有以下这段对白：

邝裕民：你现在知道，我们多幼稚，真是荒唐。
王佳芝：是啊，尤其是我，我就是傻。
邝裕民：是我的错。
王佳芝：我们都付了代价。

两人在对过去香港行为进行表态的言语中，都有一些沧桑之后的成熟，同时对白里充满了隔膜，相互理解已然成为过去。邝裕民婉转地为过去的鲁莽行动道歉，企图求得王佳芝的谅解。而王佳芝最后的台词很有意思，"我们都付了代价"，虽然认可邝裕民所说的"幼稚、荒唐"，但也只对邝裕民表示了有限的谅解。从这段对白中，观众应该能感受到王佳芝心中对邝裕民还存在着复杂、游移的情感，丝还连着，但藕早已断。

潜台词是人们没说出来的那层意思，往往是人物言行之外的真正意思，比说出来的台词更有趣，更有性格。相比较字面上的含义，潜台词更含蓄，更接近人物的内心。如果没有潜台词，对白可能太直白，成了大白话。当然也有电影故意追求对白的日常化，但即使是那些日常化的对白，也一样是被精心选择的。

对白永远需要咬文嚼字，同样对白永远需要口语化，除非剧本设计者刻意书面语化。

书面语和口语

总体来说，为拍电影而设计的剧本的对白以生活化为主。戏剧舞台具有天生的假定性，追求非现实性，相较而言，电影一直有生活化的冲动。当然，有些电影因为风格的需要，也会要求对白的间离感。下面我们将三部背景同为民国的电影《一代宗师》《色，戒》和《鬼子来了》的台词风格进行一番对比，来分析台词的书面化及口语化。

《一代宗师》力求某种诗化。例如开头宫羽田初见广东武林群雄的段落：

宫羽田：我这辈子只成了三件事。合并了形意门和八卦门；接了我大师兄的班,主事中华武士会,联合了通背、炮锤、太极、燕青等十几个门派加入;最后是撮成了北方拳师南下传艺。民十八年,两广国术馆成立,五虎下江南,就是我和李任潮先生在这座金楼谈定的。我是老了,新人要出头。我的引退仪式在北边办过一次。今次蒙精武会的邀请在这儿再办一次,是想给南方的老哥们老同志做个告别。在东北和我搭手的,是我的大徒弟马三,我的班他接了。诸位可是得照应着他。本来我还想办最后一件事——就是把南拳北传。可惜我没有时间了。在这里的引退仪式上,跟我搭手的,我想是位南方的拳手。当然得大家认可才行啊。挑一个吧。

这一段对白既有情节的推进,又充满了诗的韵律感与节奏感。对白的风格几乎决定了电影的风格。《一代宗师》对仪式感的执着,在这一段台词中显露无遗。几乎以同一时代为故事背景的《色,戒》的对白则追求生活的现实化,同样以开头一段为例,是几位妇人边打麻将边聊天:

马太太:说到搬风,忘了恭喜你。梁先生升官了。

梁太太:什么了不起的官咯,管大米的。

马太太:现在连印度米托人都买不到,管粮食可比管金库厉害。你听易太太的就对了!

易太太:听我的?我可不是活菩萨,倒是你们老马应该听听我的,接个管运输的,三天两头不在家,把你都放野了!

马太太:我可没闲呐,他家三亲四戚每天来求事,走廊都睡满了……

易太太：吃！

马太太：……给找差事不算，还要张罗他们吃喝，我这管后勤的还没薪饷可拿。

梁太太：就是！

易太太：人家麦太太弄不清楚了，以为汪里头的官，都是我们这些太太们牌桌上派的呢。

麦太太：那可不就是嘛！

这些对白全是日常的俗话，也显示出《色，戒》希望以真情实感来影响接受者。《鬼子来了》追求的是自然主义及口语化，同样是影片开头，马大三与媳妇鱼儿在床上说出了以下对白：

大三：让我看看！

鱼儿：看啥呀？

大三：让我看看！

鱼儿：看啥呀？别看了！

大三：我看看呢！

鱼儿：哎呀，快点儿的，别歇着！

大三紧张的脸对画外：谁呀？

一个男人的声音：我！

大三：谁？

来人：我！

鱼儿：快穿衣裳！

大三：你咋办呢？

鱼儿：我去老地方。

这里的对白也是日常的，但更直接、粗鄙，也更能代表人物的乡里身份。正如上文所说，对白的风格一定是跟影片的风格关联在一起的。不过，无论上面这三段是什么风格的台词，都有潜台词在里面。

《一代宗师》的民国白话，字里行间流露出含蓄和分寸。其中，以"诸位可是得照应着他"这句话最为典型，其潜台词当然是"你们最好明白谁是未来的大当家"。人物的想法深而不露、点到为止，这种内化、含蓄的对白给全片披上一层含而不露的调性。

《色，戒》中的这一段是极为重要的开场戏，几位太太在牌桌上的聊天中透露出许多信息，比如四个人之间的关系"听易太太的就对了"，说明四位太太以易太太为首；梁太太的先生升官了，易家自然是出力了；恭维梁的马太太先生是管运输的，自然也身价不菲；所以这个牌桌上最弱势的就是王佳芝。此外，易太太一句"把你都放野了"，潜台词透露出："马太太你的小动作我都清楚得很！"

《鬼子来了》中简单粗暴的日常语言，让三个人物的关系若隐若现。鱼儿和大三之间的"看"与"别看"，来人的两声"我"，让人物关系暴露在原生环境中，简单直接且毫不拖沓的节奏和整部电影的黑色基调相符。

无论是书面语还是口语，设计台词时要对人物有全面的了解，让对白一定要符合人物的年龄、职业、性格还有教育程度。对白一定要和人物的性格多样性相契合，如果千人一面、众口一词，必定会失败。对台词的设计不是灵感的迸发,而是一种生活的积淀,是反复推敲及审慎用词的结果。在设计完对白之后,一定要亲自扮演角色,朗读台词。设计对白永远别偏离人物的特殊经历及性格,让人物成为"这一个",有他独特的语言表达方式。

除了潜台词之外,生动化也是必需的。相较于戏剧舞台,电影是更生活化的文本。在中国,剧本设计者想写出生动的口语化台词,一个直接的办法就是听相声。郭德纲或马三立的相声,都会让设计者体会到何谓生动的表达。当然在中国,相声基本算北方语系,会有地域特点。语言跟文字一样,不可避免都会带有地域的色彩,那就是我们下面要探讨的方言。

方　言

电影中人物的对白一般来说是标准的普通话,但有时候因为特殊的需要,人物必须带有地域特点,这时方言就会登上舞台。例如,新中国的开国领导人基本上都有一定的地方语言习惯,所以《开国大典》(1989)、《建国大业》(2009)等电影中,领袖人物说话各有口音,各有方言。他们的口音跟他们的形象一样,是历史人物的一部分。历史人物的方言运用,可以说是为了让人物从语言形象上更加贴近历史真实。

方言还是塑造人物的喜剧手段,并已经在观众那里形成了一种约定俗成的习惯。比如在二十世纪八九十年代的中国电影中,"港普"成为南方"土豪"的标志。《阳光灿烂的日子》中,如果马小军等人不是一口京腔,那么观众会对故事的发生地产生怀疑,进而也会对故事的语境产生怀疑。《阳光灿烂的日子》故事发生的地点跟它发生的年代一样对故事本身起决定性作用。宁浩的电影中，人物的喜剧性也经常来自方言，不管是《疯狂的石头》（2006）中的黑皮还是《心花路放》（2014）中的东北老妹莎莎，都是用方言给人物贴上地域标签并产生喜剧性的。

在电影《悲情城市》中，方言的运用则不仅仅是人物塑造层面上的，还有更多意识形态上的指涉。《悲情城市》以闽南语为主，中间夹杂着普通话、日语和上海话。操哪种方言跟持何种政治态度，成为紧密联系的符号。方言变成区分族群的标志，也变成判断彼此是否敌对的标记。影片中有一段戏是文清在火车上被暴徒用闽南话逼问，一旦他说不出当地方言，即面临被刀斩的命运。显然这是一个关于地域的故事，方言也成了人物的身份标志。人物所说的方言背后承载着集体心理，也指涉更多文化、历史及政治等意识形态层面。

不管是书面语，还是口语，甚至是方言，这些都跟剧本设计者希望未来影片的风格有一定的关系。台词最终都得由演员来表现出来。剧本设计者不能决定演员的表演方式，但他们完全可以决定对白的风格。对白能够帮助剧本设计者建立起一个虚构的世界，所以显得尤其重要。埃克斯提出以下这些准则，可以用作检验剧本中对白的成色：

> 一个人物一个人物的，挨个检查他们的对白，确保：
> 1）从始至终，他们说话都像他们自己。
> 2）他们说的话不像其他人物说的。
> 3）他们说起话来不像你！

所有的声音都要不一样,即使再小的人物也必须如此。[25]

要做到所有人物,即使是最小人物的对白都不一样。剧本设计者要了解故事中所有人物的说话方式,要把不同说话方式的角色配置在一个故事中。人物身上的所有设定决定了人物的说话方式,或者说,人物的说话方式也是人物设定的一部分,这当然包含着人物的性格。

罗伯特·麦基对对白有一个总要求:"首先银幕对白要求压缩和简约。银幕对白必须以最少的词句表达最多的内容。第二,它必须有方向。对白的每一次交流都必须将场景中的节拍向一个或另一个方向转折。第三,它应该具有目的。每一行台词或对白的交流都要执行设计中的一个步骤,使场景围绕其转折点构建并形成弧光……正如亚里士多德所忠告的:'言如常人,思若智者。'"[26]

但罗伯特·麦基关于对白的观点,有时候也过于偏颇,他认为:"写作电影对白最好的忠告就是不写。只要能够创造出一个视觉表达,就绝不要写对白。"[27]基于电影是完全视觉化表现的观点,麦基采用的是反对白的策略:"形象是我们的第一选择,对白是令人遗憾的第二选择。对白是我们加在剧本上的最后一个层面……少即是多。"[28]这代表着一个主流的评介电影的观点,那就是电影虽然有视、听两种手段,但"视"永远比"听"重要,但凡能用"视"的方法叙述故事,就不会用"听"的方式来表达。其实在许多优秀的故事讲述者那里,对白绝不仅仅是"令人遗憾的第二选择"。在像伍迪·艾伦(Woody Allen)、昆汀、冯小刚等偏爱对白的故事讲述者那里,风格化的对白造就了电影的特殊趣味及风格。

在伍迪·艾伦的电影《安妮·霍尔》（*Annie Hall*，1977）中，主要人物一直在絮絮叨叨，艾伦的其他电影也是如此，"絮叨"成为他的人物一个标准的存在方式。昆汀故事中的黑帮人物，说的也永远比做的多，无论是《落水狗》中的橙先生，还是《低俗小说》中的杀手。《低俗小说》中，杀手朱尔斯每次动手杀人之前，都要大段大段地背诵他改编过的《圣经》。

冯小刚的电影《大腕》（2001）则用大段的台词来对社会进行讽刺，片中精神病患者边走边说：

> 一定得选最好的黄金地段，雇法国设计师，建就得建最高档次的公寓！电梯直接入户，户型最小也得四百平米，什么宽带呀，光缆呀，卫星呀，能给他接的全给他接上，楼上边有花园（儿），楼里边有游泳池，楼子里站一个英国管家，戴假发，特绅士的那种。业主一进门（儿），甭管有事（儿）没事（儿），都得跟人家说："May I help you sir？"一口地道的英国伦敦腔（儿），倍（儿）有面子！社区里再建一所贵族学校，教材用哈佛的，一年光学费就得几万美金，再建一所美国诊所（儿），二十四小时候诊，就是一个字（儿），贵，看感冒就得花个万（儿）八千的！周围的邻居不是开宝马就是开奔驰，你要是开一日本车呀，你都不好意思跟人家打招呼，你说这样的公寓，一平米你得卖多少钱？我觉得怎么着也得两千美金吧！两千美金那是成本，四千美金起，你别嫌贵，还不打折，你得研究业主的购物心理，愿意掏两千美金买房的业主，根本不在乎再多掏两千，什么叫成功人士你

知道吗？成功人士就是买什么东西，都买最贵的，不买最好的！所以，我们做房地产的口号（儿）就是：不求最好，但求最贵。

这段台词的反讽效果是一般画面很难达到的。台词显示出它应该有的威力。不能简单地以"少即是多"，或者"电影是视觉化的表达"来禁止使用对白。优秀的人物对白不仅有文学色彩、哲学意涵，还能表达微妙的情感（如潜台词）和强烈的社会反讽。

小 结

人物在故事中总是有轨迹可循的。故事通常是为人物性格所驱动的，比如《活着》中福贵的嗜赌让人物失去平衡。在人物失去平衡之后，外部或内在的冲突会让人物面临越来越大的压力，人物在两难选择之后，性格会被突显在观众面前，这个时候故事经常已面临结局，我们看到人物被完整地改变了。《色，戒》的结局——被枪毙时淡定的王佳芝及失魂落魄的易先生——正是这种改变的代表。

电影故事就是要塑造一个或几个人物。这个世界充满了可能性，在创造人物的时候剧本设计者可以想象得很复杂，像《现代启示录》《教父》那样创造圆形人物。但创造极简的扁形人物同样也可以让电影很精彩。你见过有什么电影比《七武士》中的那些人物更形象、更生动吗？不论是造型、表演，还是台词，故事讲述者都将日本农民、武士及强盗描绘得淋漓尽致。《七武士》里面，每一个人的性格都同他的职业身份相吻合，农民有农民的样子，武士有武士的样子，强盗有强盗的样子。《七武士》是一部极简主义式的电影,众多简单、直接的扁形人物推动了一个情节曲折、意义深邃的故事。

人物塑造是一个整体的概念,菲尔德说:"写剧本的另一种方法是创造一个人物,从人物身上会产生出需求、动作和故事。"[29] 好的故事大多是由人物出发的。一部电影,最终可能让人记起来的是人物,如《活着》《小武》《阳光灿烂的日子》《色,戒》《她》及《钢琴家》那样。随着时间的流逝,故事、情节、场景终究会被观众忘掉,但一个丰满且有个性的人物,永远都会站在你的潜意识的深处,影响或激励着你。

这是人物的功用,也是故事的目的。

故事中的人物要比真实生活中的人物更疯狂。真实生活当然比电影复杂,但电影可以用极致的人物逼近真实。电影需要奇观化的人物,剧本设计者必须将真实生活中难遇见或基本不可能存在的人物进行抽象化处理。让人印象深刻的人物往往是人性的归纳总和,既有鲜明的个性,同时又具深度的共性。乏味的故事就是所有人物都没有超出观众的想象力。

人物要有想象力,而价值观要保守。观众对电影中人物三观的要求比现实中严格,尤其在商业类型电影中。主流伦理道德基本都是不可挑战的。越大众化的电影在这方面就越苛求。

剧本设计者要体验及观察生活,同时必须出卖自己的内心。剧本设计者应适当地学些心理学,以便对故事世界中的人物进行心理诊断。剧本设计者一般来说都有些窥私爱好,也有暴露怪癖,愿意出卖自己或与自己具有亲密关系的人的人生。

罗伯特·麦基总结说:"所有优秀人物写作的根本是自知……在现世这条泪河中,我们真正了解的只有一个人,那就是我们自己。我们从根本而言是永远孤独的……你对自己人性的神秘之处观察得越深,对你自己的了解就会越多,从而也就越能了解别人。"[30]

电影剧本的设计,很大程度是设计者了解自己潜意识的过程。我们的故事和人物,往往是从我们内心而来的,我们的童年创伤、人生经历、黑暗欲望及第二自我,都是我们创作的源泉。剧本设计者要脱下自己的人格面具,到潜意识的层面中,去探寻我们真正恐惧的故事及人物。

恐惧是所有故事的真正源泉。

故事中的人物会带领我们去体验隐蔽的情感,了解真正的自我。

注　释

1　E.M. 福斯特:《小说面面观》,冯涛译,上海:上海译文出版社,2016 年 7 月第 1 版,第 61 页。
2　同上,第 67 页。
3　悉德·菲尔德:《电影剧本写作基础》,钟大丰、鲍玉珩译,北京:北京联合出版公司,2016 年 11 月第 1 版,第 49 页。
4　威廉·尹迪克:《编剧心理学》,井迎兆译,北京:北京联合出版公司,2014 年 7 月第 1 版,第 182 页。
5　同上,第 31 页。
6　肯·丹西格、杰夫·拉什:《超越套路的剧作法》,易智言等译,北京:北京联合出版公司，2016年12月第1版，第106页。

7 同上。

8 克里斯托弗·沃格勒、大卫·麦肯纳：《编剧备忘录》，焦志倩译，北京：电子工业出版社，2013年1月第1版，第10—11页。

9 罗伯特·麦基：《故事》，周铁东译，天津：天津人民出版社，2014年9月第1版，第156页。

10 威廉·尹迪克：《编剧心理学》，井迎兆译，北京：北京联合出版公司，2014年7月第1版，第115页。

11 罗伯特·麦基：《故事》，周铁东译，天津：天津人民出版社，2014年9月第1版，第113页。

12 同上。

13 维多利亚·林恩·施密特：《经典人物原型45种：创造独特角色的神话模型》，吴振寅译，北京：中国人民大学出版社，2014年6月第1版，第159页。

14 克里斯托弗·沃格勒：《作家之旅》，王翀译，北京：电子工业出版社，2011年11月第3版，第23页。

15 威廉·M.埃克斯：《你的剧本逊毙了》，周舟译，北京：北京联合出版公司，第21页。

16 威廉·尹迪克：《编剧心理学》，井迎兆译，北京：北京联合出版公司，2014年7月第1版，第20页。

17 悉德·菲尔德：《电影剧本写作基础》，钟大丰、鲍玉珩译，北京：北京联合出版公司，2016年11月第1版，第56页。

18 罗伯特·麦基：《故事》，周铁东译，天津：天津人民出版社，2014年9月第1版，第444页。

19 同上，第437页。

20 曹雪芹：《红楼梦》，周汝昌汇校，北京：人民文学出版社，2006年12月第1版，第16页。

21 威廉·尹迪克：《编剧心理学》，井迎兆译，北京：北京联合出版公司，第213页。

22 悉德·菲尔德：《电影剧本写作基础》，钟大丰、鲍玉珩译，北京：北京联合出版公司，2016年11月第1版，第34页。

23 罗伯特·麦基:《故事》,周铁东译,天津:天津人民出版社,2014 年 9 月第 1 版,第 452 页。
24 威廉·M.埃克斯:《你的剧本逊毙了》,周舟译,北京:北京联合出版公司,第 122 页。
25 同上,第 113 页。
26 罗伯特·麦基:《故事》,周铁东译,天津:天津人民出版社,2014 年 9 月第 1 版,第 453 页。
27 同上,第 457 页。
28 同上,第 458 页。
29 悉德·菲尔德:《电影剧本写作基础》,钟大丰、鲍玉珩译,北京:北京联合出版公司,2016 年 11 月第 1 版,第 60 页。
30 罗伯特·麦基:《故事》,周铁东译,天津:天津人民出版社,2014 年 9 月第 1 版,第 450 页。

③ → 结构

③ → 结构

③ → 结构

在一个剧本中，结构是故事的"骨骼"。结构意味着选择，也意味着排序。选择和排序形成剧本的整体，并决定未来电影的形式。结构对剧本来说，跟建筑中的主体框架一样，是整体上的设计。

剧本设计者们一直在探究是否存在一种万能的结构方式。他们经常从已获得成功的影片入手，讨论电影中是否有佳构的存在。目前的研究结果是：存在一种普遍、最具经济效益的剧本结构方式。麦基将这种模式称为"经典设计"："经典设计是指围绕着一个主动主人公构建的故事，主人公为了追求自己的欲望，与主要来自外界的对抗力量进行抗争，通过连续的时间、在一个连贯而具有因果关联的虚构现实中，到达一个表现绝对、而变化不可逆转的闭合式结局。"[1]

剧本经典设计的最佳实现便是三幕式剧作结构。这种在古希腊戏剧中产生、最终被各种剧作理论家总结的三幕式结构是这样的：第一幕是主人公决定开始追求自己的欲望，第二幕的整个情景是冲突发展，第三幕要到达不可逆转的高潮结局。三幕式结构遵循因果逻辑产生，把事件固定在故事的线性时间轴上。

从经典三幕式设计我们可以看到好莱坞式商业电影的叙事观：线性原则、因果逻辑链条、故事的完整与闭合性、时空连续的幻觉及中

电影《低俗小说》

心化故事与人物。连接起故事的一般是一个主动且唯一的主人公,他有明确的戏剧目标,在连贯的时空中展开因果关系明显的事件。

我们可以把经典三幕式设计看作一个基础模式,以此来观察其他不同形式的电影结构。故事讲述者结构电影的方式千奇百怪,包括非线性结构、板块结构、意识流/碎片化结构等。一些电影,可能不存在中心人物,也没有连贯的时空,事件之间缺乏因果,它们并不能被经典的三幕式结构包含,我们称之为非经典的结构。

事实上,在电影故事的讲述历史中,一直存在着对经典三幕结构的背离。如今的故事讲述也变得越来越复杂化、破碎化及无序化,如线性故事的时空重置(《致命魔术》[*The Prestige*,2006]、《致命 ID》[*Identity*,2003])、故事的去中心化(《低俗小说》《暴雨将至》)、故事彻底的意识流化与碎片化（《去年在马里昂巴德》、《记忆碎片》[*Memento*，2000]）。有些故事讲述者对叙事理性的刻意挑战让电影陷入难以理解的意识碎片沼泽之中。

结构是剧本最大的形式。明确剧本的结构有利于剧本设计者决定故事的走向、时间的安排及事件的连接。更关键的是，结构本身通常也是故事的意义所在。

理论上，一个故事只有一个最合适的结构。

剧本的构成元素

剧本的构成从大至小可拆分为四种层级：幕、段落、场景及画面。这四个层级的结构元素都是可以进行计量的单位。

一个剧本通常会被剧本设计者分为三幕，十二段落，四五十个场景，以及数千个画面。如果一部电影以 120 分钟计算，平均一幕约 40 分钟，一个段落 8 至 10 分钟，一个场景 2 至 3 分钟，而每个画面则是数量不一的几秒或不到 1 秒。进行这种细致的量化分析，只是便于我们更具象地理解结构，并非为了严格地遵守。

幕

幕是最大的结构单元。经典三幕剧作理论认为一个标准的电影剧本是由三幕构成的。三幕理论源于人类认为所有故事都有开端、发展及结局三部分。这是人类会讲故事以来遵循的约定俗成的模式，戏剧和电影中的三幕分法正是对应这种模式。标准的虚构电影早期一般是90分钟左右（如今流行120分钟），这也是根据观众的观影习惯并结合影像讲故事的特点而产生的。

故事的开端要引进人物或事件。虽然有时候故事讲述者可以没头没脑地开始一个故事，如《低俗小说》，但大多数故事还是需要像《末路狂花》那样，从两位女主人公要去短期旅行开始。故事的开始经常都是离开或进入。一开始就进入人物内心的故事往往让观众更加关注人物及文化意义，如《颐和园》（2006）和《活着》，故事的开头引进的就是人物，而非事件。故事的开端往往决定了故事的类型。

故事的发展需要构置人物的冲突。故事需要戏剧性事件，而事件需要冲突才能往前推进，人物也需要冲突才能让观众得窥其内。故事的发展需要安排一个相对关键的事件，让人物围绕着关键事件发生剧烈的外在或内在冲突。不管是人物推动事件发展，还是事件推动人物内心深化，故事的发展阶段都需要转折性的变化。如《黑客帝国》中需要墨菲斯的死来唤醒尼奥的救世主意识。故事的发展往往需要一波三折，适度的波折能展示人物或事件的多维性。作为故事的第二幕——故事的发展一般来说会比故事的开端及结局时间长，转折多。

结局是每一个故事必需的，它比开端及发展更影响故事在观众中的口碑。《一千零一夜》的王后山德鲁佐之所以能在关键时刻留住性命，就在于这个聪明的女人永远藏起了故事的结局。有的故事是先有了结局，才有了开头。观众对一个故事的最深印象及观感，往往来源于故事的结局。

结局决定了观众对一个故事的判断。故事的结局往往也是故事的高潮所在，人物会在高潮中处理极限危机，之后故事戛然而止。观众喜欢一个突然止步的故事，虽然他们往往还需要一些尾声做甜点来回味，但对观众来说，故事在高潮来临时就已经结束了。

故事的三分法构成了剧本的三幕：开端、发展及结局。当然也有单幕、两幕或四幕的剧本存在。三幕法的优点是把故事划分成几大部分，每部分各有功能，各司其职。

大多数电影都是用"幕"来结构的。

段　落

段落，也有人称序列。菲尔德指出："段落就是用单一的思想把一系列的场景联结在一起，有明确的开端、中段和结尾。它是统一在某个单一思想下的一个单元或一个戏剧性动作单位。"[2] 一个段落也是一个完整的故事。段落的构成要求至少有一个连贯的动作，比如《西游降魔篇》中"收服沙悟净"段落，或《末路狂花》中的"枪杀强奸者"段落。

有论者把故事中的段落按照功能进行归类，进而发现一般来说一个故事分 12 至 15 个段落。沃格勒在总结坎贝尔的"英雄之旅"神话模式时，认为神话中的英雄旅程分为大致十二个阶段：

（1）正常世界

（2）冒险召唤

（3）拒斥召唤

（4）见导师

（5）越过第一道边界

（6）考验、伙伴、敌人

（7）接近最深的洞穴

（8）磨难

（9）报酬（掌握宝剑）

（10）返回的路

（11）复活

（12）携万能药回归[3]

沃格勒在他广受赞誉的编剧理论书《作家之旅》中，对这十二阶段旅程有详细的阐述。虽然他的这种分法深受坎贝尔英雄旅程十七阶段的影响，但对一个故事中段落的具体界定很有帮助。这十二个阶段明显是从情节发展的角度来划分的，沿用了所有故事都有始有终也有发展转折的假设，遵循着事件的因果逻辑。

段落是在故事的开端、发展及结局三大分法下的单元细分，它沿袭着三幕故事的因果逻辑关系，并落实在结构上。段落分法是对幕分法的细致化，把故事更加具体化。每一个段落都有单一的目的，并且可以被命名，几个有直接因果关系的段落构成一幕。剧本设计者应该了解每个段落需要完成的功能，让故事的各个段落展示它的功能。同时他也需要一根情节"梁骨"，把这些段落串在一起，形成合力，把故事及人物推向高潮。

段落是幕之下的结构单元。一部电影需要把故事分为十几个8

分钟至 10 分钟的段落，有节奏上的要求，也有观众接受心理上的需要。剧本设计者也需要把一个长故事分为十几个小故事，便于集中设计小故事中的开端、发展与结局。有些故事讲述者利用段落划分的优势对线性故事结构做出革命性的变革，如《低俗小说》《暴雨将至》及《东邪西毒》等。这些电影超越"幕"结构故事的常规，直接采用"段落"结构故事。

场 景

一个段落是由一系列场景组成的，一个场景就是一个片段故事。场景也有自身的故事曲线，它具备多个功能，包括承前启后的结构性、推动故事、揭示人物、提供故事发展信息等。罗伯特·麦基指出："场景是在某一相对连续的时空中，通过冲突表现出来的一段动作，这段动作至少在一个重要程度可以感知的价值层面上，使人物生活中负荷着价值的情境发生转折。理想的场景即是一个故事事件。"[4]

场景不同于剧本设计中"场"的概念。"场"强调时空的完全统一性，在同一地点、同一时间发生的事件，才能被理解为同一"场"，而场景是强调动作的，时间只要是连续不断就可以，地点可以在内景和外景之间变换。一个场景可以包括一个或多个"场"。每个场景都应该是一个有冲突的事件。美国导演大卫·马梅说过，每个场景都是争论。他所谓的争论当然指的是人物的冲突。人物希望达到欲望的行为与周边环境或人物内心矛盾，就会产生冲突。这些冲突行为，就构成了场景。

美国剧作理论家威廉·M.埃克斯指出，好的场景应该包含以下要素："我们都称之为'博伊尔表格'（Boyle Sheet）的就是其中之一：

场景 _____

桥入
布景，人物

场景意图、初始方向
它将是关于 _____。它将导致冲突。

冲突
意见分歧、摩擦

呈示
情节向前发展所需要的信息

人物刻画
通过画面和对白，对他的揭示

反转或高潮
A 赢或 B 赢，或者一个外力

跟进 & 桥出
下一个场景关于什么。"[5]

这个表格可以说囊括了场景的所有内容，一个好的场景应该兼顾表格中的一切。比如《活着》的开场是从街上的空景至赌场内的赌博及唱戏，最后福贵被人背回家。这几场戏串联起来，形成了一个完整的场景。在这个开篇场景中，故事讲述者切入时代背景并引出人物，展开主人公福贵与对立人物龙二的冲突，同时通过福贵的形体及台词，让观众知道这个人物的性格，最后还桥出下一场景中福贵与父亲的冲突。

除了显示冲突之外，场景应该推动情节，同时塑造人物。场景既然是一个小故事，当然也有故事的开端、发展及结局。几个场景构成一个有主题、可命名的段落，几个段落又构成一幕。

画　面

一般剧作理论家都把场景看作故事结构的最小单元，不过罗伯特·麦基认为电影的最小单元是节拍："节拍是人物行为中动作/反应的一种交流。"[6] 是节拍构成了动作，也就是场景。而对剧本设计者来说，最小的结构单元应该是单一画面。一个又一个画面就像砖块一样构成了建筑的基础。

一个剧本应该有数千个画面，这些画面构成场景、段落及幕，最终形成完整的故事。剧本设计者可能从幕至场景构思一个故事，但真正进行故事设计时，都得从画面开始。

画面是故事的细胞。

剧本设计者的工作就是把想象中的画面用文字描述出来，他虽然用文字创作，但他们面对的却是画面。剧本设计者必须在想象中设计出未来电影中的所有画面，包括影像、声音及表演等，之后用具体的文字表述出来。画家是用色彩和线条创造画面，而剧本设计者是用文字描述画面。我们不愿意把剧本创作定位为类文学的写作，就是基于这样的理解。剧本设计者需要从最基础的画面元素开始构置一个个场景，每一行字都应该可以化为具象的视听画面，并传递给阅读者。

画面的基本元素包括影像构图、表演动作、人物对白、环境及声音效果等，它们是未来电影的最小单位。具体的画面分别完成场景的各种功能，如场景意图、冲突、呈示情节及刻画人物等。一个画面经常蕴含着单一指向的意义，当然也有些意义丰富甚至多样的画面，比如理论家巴赞所赞赏的景深镜头。画面与画面之间的组接经常会产生多于画面本身的意义，这就是蒙太奇。剧本设计者要有选择及组接画面的意识，在剧本阶段必须对故事进行想象及组接。

在设计一个剧本的过程中，剧本设计者应该在想象中从头至尾地放映一遍未来影片。剧本设计完成了，对于设计者来说，影片也就完成了。虽然他想象中的作品跟未来的完成影片可能完全不一致。

传统编剧出身的导演，在处理影片时，因为较擅长文字，所以完成的影片经常会有较高的文学性，但同时他们在画面及造型、剪辑时，往往不那么讲究。比较美国的伍迪·艾伦与斯科塞斯两位导演，你就会发现导演的倾向是怎么影响到画面的。同样，2017年的两部中国电影《芳华》与《妖猫传》，也很生动地证明了导演是从文字入手还是从画面入手来制作一部电影的。即使是讲故事能力超群的昆汀，他早年的电影也是从文字或者说文学性入手的，如《落水狗》及《低俗小说》，虽然他在影片结构上有革命性的颠覆，但他的影片画面在影像质感上还是略逊一些。当然，像泰伦斯·马力克（Terrence Terry Malick）这样能兼顾到电影的画面及文字的诗性的导演，基本上是凤毛麟角。

剧本的结构方法

幕、段落、场景及画面是剧本的构成元素，一个剧本把这些元素结构起来的方式主要分两大类：线性方式及非线性方式。线性结构以故事的自然时间顺序及因果逻辑为轴，贯穿事件始终；而非线性或者说块状结构方式，往往以人物视点、主题或心理为基准，忽视故事间的时间顺序及事件的因果关系，强调的是事件之间的内在联系或人物的内心一致。

线性剧本结构

线性剧本结构是剧本设计者遵从时间顺序发展事件或人物性格的剧本结构方式。

三幕结构

在主流商业电影中，最常见的结构类型是三幕式。故事的三幕形式一直可以溯源到古希腊戏剧的年代，亚里士多德在论述悲剧时表示："悲剧是对一个完整的有一定意义行为的描述……所谓完整，是指一件事情有开头、中间和结尾。"[7]这也是剧本写作指导书籍中最为通行的剧作结构模式。

三幕式结构的核心是事件驱动型的，现今流行的三幕式剧作法的宣扬者，如悉德·菲尔德等，致力于对剧本中的故事进行因果逻辑梳理。三幕架构以因果论的"复原性"为最大特征，即讲述从故事世界的平衡被打破到主人公做出行动来恢复故事世界的平衡这一过程，论者在《超越套路的剧作法》中谈到，"复原"是三幕剧的重要构成哲学："主角在第一幕决定突破现况，在第二幕于突破中逐渐认识自己的处境，乃至在第三幕因获救赎而复原，以上这些在剧本上都有很清楚的层次。"[8]

这个"复原"的过程被菲尔德拆解为故事中一系列关键性情节——引发事件、情节点Ⅰ、情节点Ⅱ、高潮等，并从电影时长、观影效果等因素进行考量，将这些重大情节大致固定在电影的时间轴之上，把电影分为三幕，而这些固定在具体时间点上的情节设计方案便成为三幕剧的写作原则。

三幕剧理论为我们提供了最简单有效的一种剧作方式，在影响甚广的《电影剧本写作基础》一书中，菲尔德把三幕式剧作结构的三部分称为建置、对抗与结局。在菲尔德的理论中，三幕剧的三幕结构由四件事架构而成："你只需要知道四件事情来架构你的故事线：结尾、开端以及情节点Ⅰ和Ⅱ。"[9]

故事总要有一个开始，不管是人物失去平衡，还是事件被引发，故事不可避免地发生了，被人物推进着或者推着人物往前进。在情节点Ⅰ中，人物做出一个无法回头的决定，引出第二幕，故事的对抗方才建立，并在第二幕的结尾，在情节点Ⅱ处做出导向结局的最终决定。

在第一幕的结尾，在情节点Ⅰ处做出的决定总是存在着"错误"的，第一幕的选择是要引发更多问题与障碍的。一方面，故事的核心对抗得以树立，故事得以持续发展，主角的选择必将带来危险——观众必须心知肚明，犹如《星际穿越》（*Interstellar*，2014）中强调的"墨菲定律"：任何事情都没有表面上看上去那么简单，会出错的事情总会出错。另一方面，主角这一次选择必然是至关重要的，主角要到达重要的故事彼岸，必须付出巨大的代价，如《盗梦空间》（*Inception*，2010）中，柯克隐瞒了自己的亡妻常常会进入梦境干扰行动的事实，带领盗梦小队进行了一次危险的行动。一些电影故事不用解释便可以将风险传递给观众，如《色，戒》中的暗杀，危险性不言而喻。情节点Ⅰ过后，紧接着的第二幕戏剧情境被悉德·菲尔德称为"对抗"，在对抗情境中，人物与层出不穷的障碍进行斗争，最终在情节点Ⅱ中做出最后的决定，引出第三幕的结局。

悉德·菲尔德接着论述，跟两个情节点配套的是两个事件。一是引发事件，一是关键事件。这种结构的中心法，包括中心人物及关键事件，可以让故事被有效地结构配置。一切人物都是围着中心人物设置的，一切事件都是为了引出关键事件或者说从关键事件引发出来的。

到故事结局时，人物重新找回一种平衡，事件被完满解决了。所有人都满意了，包括剧本中的人物及观看他们的观众。

三幕剧让故事讲述者与观众之间容易达成交易，但正是由于这种佳构式，又容易让它蜕变成一种单调无趣的结构。所以对这种完全线性结构的剧本，人们在接受之余又提出各种批评。《超越套路的剧作法》中对三幕剧形式的局限性做出了详尽的论述，比如针对三幕剧绝对的因果论道德观——善有善报、恶有恶报，一些野心更大的电影对此进行了反讽，如《唐人街》便给我们讲述了一个恶人逍遥法外的结局。

一旦故事过分集中于中心人物与中心事件，不断推进，绝不离题，这样的方式折损了电影中可以带来意味和质感的"闲笔"："如此渐进式的叙事方法，影响了观众的价值判断——它暗示我们何者为故事主体，何者只是背景（肌理与细节）而已。在三幕剧结构中，这种不断向前的方式牺牲了故事的肌理、余韵和暧昧性。"[10]

三幕剧形式对"意志英雄"十分看重，即主人公克服自身的缺陷，完成自身的成长，得以直面对抗方，结束整个故事。"只是这种剧本形式忽略了历史、社会、政治、经济和家庭等也会影响人物命运的外在因素。历史只是人物心理发展的背景而已，而把历史事件用为推动剧情的内驱力的例子则并不多见……在这些电影中，历史、阶级、性别、种族等外在因素，还是无法取代人物意志的首要地位。如果你怀疑这种世界观，如果历史的教训告诉你所谓的自由意志其实软弱无力，那么你也许应该放弃这种复原型三幕剧式结构了。"[11]

三幕结构被大量用于故事的佳构式讲述，必然导致这种结构方式的千篇一律。过于强调线性及因果，导致观众接受时无任何惊奇感。中心化结构虽然能很好地完成叙事功能，但其作为结构本身，需要被革命。剧本设计者开始寻找打破僵化线性结构模式的方法。

多段落结构

三幕结构是以事件的发展或人物的性格变化为核心的，但线性结构故事中，还有一种并不过分强调故事开端、发展及结局的逻辑，也不追求人物如何从失衡的困境中奋斗挣扎直到获得另一种新的平衡，而关注的是时间的流逝，故事主角也没有经历坎贝尔式的"英雄旅程"。因此，事件及人物都不是这类故事最关注的东西，故事的目光被时间本身吸引，或者说故事回到它的原始状态，"给时间涂上香料，使时间免于自身的腐朽"[12]。

这种类型的故事，有事件的时间顺序关系，但并不强调其中的逻辑因果关系；有人物的命运转折，但并不强调人物的性格递进，更多关注于时间对人物的控制。《颐和园》描述了余虹及周伟还有其他同时代人近十年的故事。故事更多关注的是人物命运的转变，而且这种转变经常还不是出自人物性格自身，或事件的推动，故事着眼的是无情的历史碾压着剧中的人物。故事的核心是时代，描述的是人物在历史长河中的无助感。

多段落结构故事虽然可能有中心人物，但故事并不强调三幕式结构的引发事件及关键事件，中心人物也没有一种三幕结构中常有的积极行动，中心人物并不能解决故事高潮时的危机，或者故事往往并没有高潮，虽然它们可能会有一个结局。正因为如此，多段落结构并不强调故事的戏剧性及段落之间的因果性，强调的是段落事件以时间方式并置之后产生的整体反应。

《悲情城市》故事时间的跨度从1945年台湾光复到1949年国民政府迁台，跟早年的《一江春水向东流》一样，具有时间流逝的特质。故事前景是林家四兄弟的离乱故事，故事讲述者真正关注的却是"台湾"这个主角在历史中的坎坷沧桑。这类被称为"史诗型"的故事，经常面对的是时间。《活着》也是一个关于时代变迁的故事，从20世纪40年代开始讲述一个中国小家庭、一个中国小人物福贵四十余年的悲欢离合。《活着》有强烈的戏剧性，但这个故事还只是偏向多段落结构。虽然开头福贵输了大宅院，人物失去了平衡，但福贵并没有进行对抗。故事中事件之间并没有因果关系，只有一些必然的偶然性，如输了院子，不被枪毙；战场上与春生互帮，结果却是儿子被春生撞死；女儿难产而死是因为大夫多吃馒头噎着了。所有这些段落中的事件，并没有相互之间的因果性，看起来都是偶然发生的，跟主要人物的性格甚至都没有关系，但这些事件，却有其历史的必然性。故事感兴趣的不是事件的前因后果，或是人物的动作及动机，而是人物在历史中的遭遇。历史或者说时间变成这种结构的电影最关注的对象。所以在我们看来，《活着》只是一个类三幕式结构的多段落结构，就像《悲情城市》中台湾成为主角一样，《活着》的主角是历史。

强调时间流逝，或者说以时间为主角的电影，更具代表性的是《少年时代》(*Boyhood*, 2014)。《少年时代》是关于一个美国得州少年从6岁到18岁之间12年发生的故事。故事被用纪实一样的手法编排出来，讲述少年的成长。这是一个关于人物的故事，但更关键的是关于这"12年"的时间的故事。在12年里，社会在变化，除了物质消费上、文化观念上的，还有人物形体上的变化。故事里有人物的变化发展，但完全没有核心事件的戏剧性。《少年时代》有名的幕后故事是电影中扮演姐姐角色的导演林克莱特的女儿罗蕾莱·林克莱特 (Lorelei Linklater) 在进入青春期后突然变得叛逆，不愿再继续出演姐姐这一角色，于是问导演爸爸："能把我的角色写死吗？"导演林克莱特说:"不行,这会太戏剧性了,你必须给我接着演下去。"这是一个标准的多段落结构故事,有力地向三幕结构展示了多段落结构的优势和特点。

多段落故事以段落作为结构,摆脱了三幕结构中以幕为结构的方式,追求以幕以下更细分的段落来构成故事。故事虽然还可以划分为开端、发展及结局,但故事讲述者忽略这三幕之间的因果关系,也就是说没有一条强力情节线贯穿其中。段落结构可能没有强情节这种梁骨,但有时间这条连接着段落的鱼线。这种类型的电影,经常情节性不强,缺乏整体冲突,虽然局部可能很激烈,比如《悲情城市》中文清被关监狱、差点要被枪毙那一段落,充满戏剧性。在这种结构中,因果关系、情节推进、事件转折及逻辑关系不是剧本设计者关注的重点,剧本设计者的目光专注于人物及当时社会环境的展示。

三幕式结构与多段落结构有时候界限划分得不那么明显。我们认为,一旦故事讲述者不那么强调事件与事件之间的情节因果递进关系,即使是事件内有激烈冲突的故事,我们仍然认为它还是多段落结构。

不管是三幕结构还是多段落结构,都是以时间为轴线,遵行着时间的万有引力。有一类故事,却企图打破时间的引力,让事件在故事里恣意横飞,我们称之为非线性结构。

非线性结构

剧本设计的"反叛者"并不少见,很多剧本设计者都用自己的方式打破了线性结构，追求摆脱时间引力的自由。传统的线性三幕及多段落结构方式将观众"缝合"进叙事之中，然而非线性的结构让观众用更多理解力并重构故事。一些非线性结构的目的是使观众跳脱引导故事的因果关系链，跳出故事内容，并将其引向形式本身。

20世纪90年代，美国以及其他地方出现了一大批挑战经典叙事规则的新式电影："这些影片自夸拥有吊诡的时间结构、假定的未来、离题的游移的行动线索、倒叙且呈环状的故事以及塞满众多主人公的情节。电影制作者们看起来好像正在一场砸烂陈规旧矩的狂欢中竞相超越。和通常那样，不规则的故事讲述变成商业的一部分，编剧手册也开始提供如何写作反传统剧本的技巧。"[13]

在经典线性结构电影中，观众能看到故事的连贯性时空呈现和完整有序的因果链条，经典式电影是讲究统一性和总体性的，这是叙事与观看的传统形式——所有事件都被有序安放在时间链条上，观众对于故事所在的心理时空位置、因果关系十分清楚。剧本设计者一直在寻找更多维的表达方式：更多的人物与情节线、更多的视角与立场、更复杂的时间与因果逻辑、更超现实的时空与宇宙观。故事形式有千千万万的可能，剧本设计者需要根据自己的故事目的去探索和寻求最适合的结构方式。

时空重组：谜题电影

20世纪90年代以来，美国乃至世界各地出现越来越多的"谜题电影"（puzzle film），这些电影充斥着限制性视点、用于误导或空缺的信息、不可靠的叙述者（精神病患者、撒谎者、失忆者等）、幻想／

电影《消失的爱人》

梦境与现实的混杂。如大卫·波德维尔（David Bordwell）所言，非线性叙述和时空的吊诡重组是这些电影在结构上的重要特征，这些电影热衷于叙事实验，以叙事谜题为噱头，同时糅合着电视、漫画、电子游戏等审美口味，如《致命 ID》、《美丽心灵的永恒阳光》（*Eternal Sunshine of the Spotless Mind*，2004）、《致命魔术》、《记忆碎片》、《非常嫌疑犯》（*The Usual Suspects*，1995）等。

精心设计的省略和引导是谜题电影的最大特点。在大卫·芬奇的《消失的爱人》中，影片一开始聚焦于男主角尼克的视角以及警察的视角。尼克的妻子艾米失踪，经警方搜查发现房子曾有妻子的大量血迹和打斗痕迹，尼克遂成为重点怀疑对象。故事的另一条情节线与案件调查并行：艾米用日记的方式为观众叙述两人的过去时空，观众看到一对曾经相爱的夫妇，随着时间流逝，两人产生了种种问题与矛盾。影片发展到中段，艾米出现在一辆高速行驶的车中，她的旁白告诉我们一切真相：她为了报复丈夫的婚后行为，决定制造一场自己的"凶杀案"并将其嫁祸给尼克。电影前半部分叙述两人过往的日记本正是艾米进行布局的重要道具——她要为警察讲述一对男女从相爱到相恨的故事，这个故事将告诉警方：尼克有充足的作案动机。

《消失的爱人》前一个小时里，故事讲述者一方面用视角限制信息，一方面用不可靠的"叙述人"——日记本中的叙述——误导观众与片中警察的思路，而当艾米出现时，故事再次回到案件发生的早晨，艾米用旁白告诉观众真相。影片用艾米日记本的视点伪装艾米的视点，将日记的"误导性"闪回与尼克陷入迷局的现在时并置，呈现出非线性的时空结构。

《记忆碎片》的时空重组更加彻底。《消失的爱人》依旧用的是插叙、倒叙，而《记忆碎片》则将电影的段落彻底打乱，电影中黑白影像段落与彩色影像段落交错，彩色影像呈倒叙，黑白影像为顺叙，最终两种影像在故事时间的中点交汇，两者时序的交替呈现让观众迷失在设计的叙述之中，同时也契合主人公的失忆状态。

韩国电影《薄荷糖》（1999）则告诉我们对线性故事的时间倒错处理，除了运用悬念与谜题设置之外，也可以通过完全倒叙时间本身的方式展现：一个男人在铁轨下方高喊着"我要回到过去"，于是火车逆行，电影带领我们倒退时光，追溯这个男人的人生。接着，四个人生片段展示在我们面前，无可挽回的过往随着倒退的时间一一展现，这个男人从浑浑噩噩的中年回溯到纯真的少年。这是一部在影史上极少见的用逆向时间方式结构的电影，也可以说是一种倒叙。而倒叙事实上也是把事件挂在时间线上，与顺叙的区别只是：倒着挂而已。

板块式电影

在板块结构中,电影的总体性被切割开来,几个独立的板块并置在影片中,或者几个板块呈线性并行。每个板块存在着不同的中心人物与中心事件,各自成章,板块的并行逻辑也并不是线性时间或者因果逻辑。

在线性的叙述方式中,电影的表意机制在于整条因果链,起决定性作用的是故事价值以及原因:故事何以从开始发展到达高潮点?故事价值的转换是因为什么?

在理想的古典叙事机制之中,创作者会用因果链条告诉观众故事的意义:因为唐僧不愿面对内心的真实情感,大爱带有自欺欺人的成分,所以唐僧无法"悟道";随着唐僧对内心情感的承认,唐僧完成了"悟道"——《西游降魔篇》。观众的注意力是在影片的因果链之内的。然而,对古典模式进行反叛的电影逼迫着观众从单一线性的故事因果链中跳出,观众需要理解的不仅是为何故事得以发展,同时还要注意为何故事如此结构:不是"因为……所以……",是因为什么?为何三个时代中的三个女人一天的故事彼此交织?《时时刻刻》(*The Hours*,2002)中为何已死之人又在故事中出现?《低俗小说》中为何时间变成没有现实依据、超出日常经验的一个"环形"?《暴雨将至》中为何故事的意义不仅在故事的时空纵深维度上产生,同时也来源于多故事或者多视角等处理方式的并置及互文?于是回到一句老话,形式即内容。

视点板块:热奈特叙事理论对视点进行了详尽的论述——零聚

焦、内聚焦、外聚焦。零聚焦意味着全知视点,叙事者所知大于人物所知。内聚焦意味着叙事者与人物所知一致,其中包括三种形式,固定式、不定式和多重式;固定式意味着焦点固定在一人身上,不定式则是焦点游移,而多重式意味着多视点聚焦于一个中心事件。外聚焦则是叙事者所知小于人物所知。其中,多重式内聚焦的视点安排方式将一次中心事件做出多重叙述,这样形成的板块结构十分常见。

(1)视点相互补充。

在电影《大象》(*Elephant*,2003)中,故事讲述者通过多个事件在场者的视角,为我们呈现了一场校园枪击案件的始末,通过对经典叙事的解构,为观众呈现出一种非理性的、断裂、庞杂的故事世界。

(2)视点相互排斥。

另一种更具现代性的构建方式则通过视角的并置将故事暧昧化。此种视角并置的前提是视角所有者成为影片中的叙述人,叙述人的存在意味着叙述内容的主观性。电影《罗生门》(1950)中,樵夫为行脚僧、杂工讲述一桩凶杀案,在樵夫的讲述中,凶杀案的三位在场者——死亡男性的妻子、犯罪嫌疑人、通过附身神婆而发言的死者——出于自保都对这桩案件有着完全不同的讲述,而实际上当时在一旁目睹凶案的樵夫说出了最后一个版本,然而樵夫的故事也被发现存在着逻辑漏洞,原来,为了掩饰自己的偷窃行为,樵夫也撒了谎。

电影中的人物视角可以分为两种:一种是人物直接对着观众进行讲述的旁白,这种视角具备人物主观性的真实;另一种是提供给剧中人物的,比如《消失的爱人》中前半部分艾米日记本的旁白,故事中的叙述带有效益性。视点本身便是故事内容中的一环,于是视点引出的故事真实性便让人存疑了,《罗生门》就是用这样的方式来结构整个故事的。樵夫本身是在故事内部进行叙述,在他的讲述中,死者、死者妻、嫌疑犯又各自陈述了各自版本的案发经过。一个视点中又套上三个视点,增加了故事的视角层次,故意达到真实的混乱不可知。

多情节板块:故事可以围绕着一个中心人物、一个中心事件,也可以围绕着几个人物和几个事件,后者就是我们所说的多情节故事。多情节电影致力于几支情节形成复调效应,以刻画群像、扩展故事时空来传达特定的思想和主题。多情节电影是重在表意的电影。

这种表意也许是都市人的伤感爱情,如《重庆森林》;也许是讲述当代世界人类的沟通无能,如《通天塔》;也许是讲述人类排除异己的暴力本性,如《党同伐异》;也许是宿命般的暴力轮回,如《暴雨将至》。在这类电影中,事件和人物不再处于电影的中心,电影是围绕着剧本设计者要传递的主题或思想结构起来的。

电影《重庆森林》中第二对男女的故事

经典设计总是围绕着单一主人公设计故事,"一个主要故事支配着银幕时间,主人公则是影片的明星角色。但是,如果作者将影片分解为若干较小的次情节,其中每个故事都有单一主人公,其结果便会大大削弱大情节那种过山车般的动感力度,创造出一种自八十年代以来渐趋流行的小情节之多情节变体"[14]。

而多情节电影既能够在叙事时间内分隔开来,独自成章,又可以在叙事时间中使多个故事并行,故事的时空维度得到极大的延展。独自成章的多情节电影可以说从《党同伐异》开始,随着电影叙事手段的开拓,并行的多情节电影出现得越来越多,如《低俗小说》、《重庆森林》、《云图》(*Cloud Atlas*,2012)、《通天塔》及《时时刻刻》等。电影《云图》的时空维度从中世纪到未来时空,《时时刻刻》将20世纪20年代的伦敦郊区、20世纪50年代的洛杉矶和21世纪的纽约三个时空并置,《通天塔》则把焦点放置于现代社会,展现了北非摩洛哥的黑人兄弟、到非洲旅游的美国夫妇、回到家乡的墨西哥保姆、东京的聋哑少女四段故事。

"多情节没有一个从结构上统一讲述过程的主情节脊椎……但每一条单独情节线的强度都不足以把我们从第一个场景带到最后一个场景。那么,究竟是什么东西将影片融合成一个整体?一个思想。"[15]这些不同时空、不同故事的并置与同步推进的结构方式常常用于一些跨时空的宏大命题,多组人物与多线故事具备故事元素上的相似性,然而又带着各自的意识、情感,于是达成互文效应。在《时时刻刻》的开场,三个不同时代的女人在早晨醒来,1923年的伍尔夫念出小说的开篇"达洛维女士说她要自己买一束花",紧接着洛杉矶的家庭主妇劳拉拿着伍尔夫的小说将此话再次念出来,而21世纪初纽约的克拉丽萨对着自己的同性伴侣高喊着自己要去买一束花,这个小说成为伍尔夫与劳拉两个时空的连接点,一个创作、一个阅读,而克拉丽萨将这一语言变成了行动,这样的连接方式是超验式的,呈递进关系。三个时代的女性中,只有21世纪的克拉丽萨将自己的愿望付诸行动,比较关系不言而喻。

独自成章的多情节电影的强烈形式感给电影结构带来了更多的可能性,20世纪90年代的两部电影(《低俗小说》《暴雨将至》)将多情节电影构建成环形叙事。电影围绕着多个人物与多个事件建立,然而两部电影又在叙事时间上大做文章。传统多情节电影不论是各自成章或是在叙事时间中并行叙事,都有着清晰的时间顺序逻辑,观众能清晰地了解自己所在的时空位置,而这两部电影则刻意引起时空上的混乱。

在《低俗小说》中,整个电影由几个独立的章节"文森特和老大华莱士的妻子""金表""邦尼的处境"及序幕构成,几个章节在时间上是完全打乱的,故事构成一个环形,几个情节的线性时间被拆解重构,并采用环状结构首尾相连。这种章节结构成为后现代电影作品消解经典叙事的最显著特色。《低俗小说》的多条情节线很难像《饮食男女》或者《党同伐异》这类电影一样构成一种复调、对话式的表意形式。如果说传统的多情节电影就像围绕某一特定主题进行的细腻编织,那么《低俗小说》则着重于一种近乎暴力的影像拼贴——基于美国类型片的惯例视觉符号及叙事元素,故事中的矛盾并不具备统一性,消解意义成为《低俗小说》最大的表意,用黑人朱尔斯在汽车中因枪走火突然将人物打死、黑人老大被强奸等这些极具反讽性的剧情设置告诉我们这个故事的主题：迷茫、偶然、无逻辑、无意义，即"pulp fiction"，不必太过严肃。电影不再是传统的有头有尾的完整故事。尽管在时间交错的多线情节影片中，还是有事件本身的开端、发展、高潮及结尾，但是在被称为环形结构的多线情节影片中，再也没有传统意义上的故事的开端和结尾了。消解传统三幕结构的同时，也消解了电影的意义。

《暴雨将至》在表意上依旧是传统的，三个故事板块呈现着不同社会语境下的暴力行为，然而它在叙事的时间塑造上更为颠覆。《低俗小说》中的环形是创作者在叙事时间中颠倒了故事时间而形成的，电影中的故事时间依旧是有迹可循且符合逻辑的，而《暴雨将至》的环形叙事更为彻底。《暴雨将至》在故事时间的层面上是矛盾的，影片由三个叙事板块构成，按照故事时间，第二个故事发生在第一个故事之后，第三个故事在第二个故事之后，而在第三个故事的结尾第一个故事又重新出现。这种彻底的环形贯彻了第一个故事"言语"中出现的一句话：时间不逝，圆圈不止。这样的结构即意义。电影的形式与内容得到完美结合。

"平行宇宙"板块：这类剧本的故事往往从一个起点出发，却有如存在平行宇宙一般，生发出多种故事方向。在一些科幻电影之中，我们可以看到主人公困在不断循环的时间里，如《明日边缘》(*Edge of Tomorrow*，2014)，然而科幻电影依然为观众呈现的是一个理性的世界，时间困境是有现实来源的——《明日边缘》中有一个可以影响时间的生物——也就是说类型电影始终需要为故事提供一个具有切实来源的解释。科幻电影是超出现实的，却不是超验的，因为电影总会为观众提供具象的世界观逻辑。

《罗拉快跑》（*Lola rennt*，1998）这样的影片才具备超验、非理性的意识——现实世界有着多种发展可能。不同的意识可能对应不同的板块，《罗拉快跑》中的三个板块——罗拉的三次奔跑——时空进行了三次重复，分别引导出截然不同的命运，影片呈块状结构。

这种结构的剧本最近在互联网游戏中得到充分发挥。故事的发端像一根树干，它自己会长出许多分枝，这完全取决于游戏者的选择。这类游戏中，玩家似乎成了故事的真正主角，虽然我们都知道这只是一种虚幻的满足，但电影又何尝不是如此。

电影《罗拉快跑》

意识流结构

这里指一些创作者的意图难以被读解的结构方式，这类电影在叙事上更加破碎，仿佛是创作者在喃喃自语。板块式电影依然在板块内部具备着时空的连贯和完整性，然而另外一些电影中，场景之内、场景与场景之间的逻辑都可以被极致地模糊化，电影完全陷入难以理解的碎片之中，仿佛意识在无边际地流动。

电影中的意识流创作手法并不少见，有的遵循人物的心理轨迹展开意识内容的叙述，依旧在观众的理解力之内，然而通篇的意识流创作使得观众没有一个现实坐标进行参照，无法有效理解电影的叙事内容。

美国导演泰伦斯·马力克是近年来意识流创作的代表人物，在电影《生命之树》（*The Tree of Life*，2011）中呈现着多重场景和时空的穿梭跳跃，将一个美国家族回忆的真挚细节进行跳跃而写意的描绘，其叙事及视觉呈现出意识流特性——视觉化的、非理性的，一方面将这样一个家族的描述与对宏观宇宙的描绘并置，一方面以意象的交叠传递导演对生命意义的询问。无论如何，宇宙意象的介入一定程度上是打断叙事的。宏观及微观的象征性并置带来的是某种哲学式的观念，这样的处理方式是极具实验性的。

极端的意识流电影太过少见，阿伦·雷乃的作品是其中典范，在电影《去年在马里昂巴德》中，人物的时空突然转变，人物的过去与现在在同一场景中呈现，场与场之间没有因果关系，没有视点补充或互斥关系，没有对话关系。这样的电影在叙事时空和叙事逻辑上无法构成连贯性和确定性,人物的动机与行为也是暧昧的,叙述是无法闭合也无法被信任的。如果说线性叙事努力使观众于无形之中理解故事,板块式电影用鲜明的结构样式呼唤观众对故事的主动理解,那么意识流式电影则对观众的理解表现出一种拒斥的姿态。电影成了创作者无法被人理喻的喃喃自语。这样的电影往往不太重视剧本的原初设计,或者根本就没有剧本设计。一切都来自故事讲述者(主要是导演)自觉的意识冲动。

结构剧本的几个关键

电影的结构表征千变万化,从经典到反经典,从整体到离散,这些设计的背后实际上有着复杂的创作目的。那么剧本设计者如何设计电影的结构呢?结构作为有序的叙事单元的排列,我们首先应该对电影的故事线进行确认,是否存在中心事件是集中性结构和分散性结构的最大影响因素;其次,电影中叙事段落的排列手法是有限的,我们可以通过叙事段落较为侧重和凸显的连接方式确认所创作电影的结构方式。

中心事件与人物

这涉及的是故事内容的问题,即你的电影有几个主要人物,几条情节线。在好莱坞经典佳构中,既具备中心故事,也具备中心人物,且两者统一,即中心人物推动中心故事的发展。这种结构方式能让电影焦点集中，叙事单元紧紧围绕着中心故事，故事和人物呈现出高度的统一性。"每一幕的结构建立都需要依赖于焦点的建立。一般而言，每一场戏都应该具备两种功能。第一种功能是塑造人物和营造动人的情境，使观众投入到剧中；第二种功能是要推展剧情，特别是得把焦点拉到该幕的戏剧张力所在，并朝化解该张力的方向前进。"[16]

经典三幕式结构之外，电影并不一定非得存在着中心人物与中心事件，这类电影的焦点较为松散，但对于人物、时代、主题这些方面的呈现却具备更大的灵活度。

聚焦中心人物、无中心事件

中国 20 世纪 90 年代的《活着》《霸王别姬》及 21 世纪初的《颐和园》中，故事焦点始终在某个人物身上——福贵、程蝶衣、余虹。这些电影用时间的长跨度呈现出人物的不同人生阶段，时代席卷着每个个体，而不是某个中心事件的推进实现人物的变化和成长。

一些故事时间跨度不长的电影同样存在着中心事件缺失的情况，电影的叙事单元并不始终围绕着一个事件的起承转合进行，贾樟柯的电影《小武》就用了大量篇幅描绘扒手小武的县城生活，小武与各式人等的关系，最终小武在街头被抓，中心事件是缺失的，或者说并没有中心事件。电影用多个叙事单元来呈现的是人物的各个侧面，而不是事件及情节的推进。

聚焦中心事件、多人物

这种类型的故事中，多个人物促成一个事件的产生。电影戏剧性地强调个人的行动力与意志力量。个人英雄主义电影始终是带着强烈

电影《小武》的男主角小武与歌厅小姐胡梅梅

的虚构性和戏剧性的,而在一些历史和社会真实事件改编的电影中,因为对事件真实还原的需要,往往要描述推进事件的所有关键人物。美国电影《聚焦》(*Spotlight*,2015)讲述了《波士顿环球报》的"聚焦"栏目小组成员对神父性侵儿童事件的调查与揭露,故事由"聚焦"栏目小组以及新上任的报社总编辑共同推动,并通过众人物的反应展示了被权力所遮掩的发生在教会中的儿童性侵事件对于美国人的巨大冲击。但有些电影所强调的戏剧行动力区别于个人英雄主义电影——强调某阶层或跨阶层的共同力量对于事件的决定性作用,如《建国大业》(2009)、《建军大业》(2017),电影围绕着"建国"及"建军"两个核心事件,描绘在此之中的多方力量是如何推进事件目标的达成的。

聚焦多人物、多事件

这类电影中,多个情节与人物对主题进行共同呈现,起到了复调作用。多情节电影可以在电影中同时推进多条情节线,也可以将多情节各自独立成章，都可以形成独特的结构，如《心迷宫》(2014)、《低俗小说》等。这类电影通常依靠一个主题，把几个事件、多个人物结构在一部电影之中。《通天塔》的结构精妙之处是通过一次枪击，把四个不同国家的故事紧密地联系在一起并互相印证，阐述的是同一时间点上不同空间人群的生存状况，最终证明这些貌似迥异的人群其实是住在地球上的同一物种：人类——终究是拥有情感并能仰仗情感战胜残酷现实的物种。

四种结构电影的方式

剧本设计者又是如何安排、连接事件及人物的呢？真正能在故事的结构连接机制中起到作用的有四种方式：因果关系连接、时间顺序连接、视点连接及悬空连接。这四种连接方式是叙事单元之间的连接技巧，也许在一部电影中同时存在，而对这种连接技巧在电影中使用方式、使用比重的差异形成了不同的电影结构形态。对因果逻辑着重强调的典型范本是好莱坞经典三幕式电影，对时序的强调形成了聚焦于人物或者时代的散点式结构，视点的特殊处理形成了更复杂的悬疑电影叙事，而对悬空连接的使用是电影打造悬疑的强有力手法之一。

因果关系式

指的是前后两个叙事单元的连接既有时间先后关系，又有因果逻辑关系。如在《色，戒》中，岭南大学邝裕民、王佳芝一行人在爱国演出获得成功后，在学校礼堂商议刺杀汉奸易先生的行动，紧接着下一场，邝裕民接近易先生身边的曹副官，寻找机会打入易先生身边。

如果剧本围绕着一个中心事件进行，因果逻辑的连接方式显得更为重要。三幕式剧作中依靠五个重要情节完成电影的骨架设置：开头、第Ⅰ情节点、第Ⅱ情节点、高潮、结尾，依据的便是因果逻辑，将整个电影的叙事单元和人物动作统一在一个完整的因果链之中。

虽然在重要情节中，因果连接的意义大于时间接续的意义，但是经典三幕式电影中，时间关系和因果逻辑依旧是相辅相成的，因为线性时间保证了观众对故事的完全理解，观众与故事人物的时空经验对等，即观众在大部分时间里像故事人物一般从头到尾地经历整个故事，与人物"同呼吸共命运"。更重要的是线性时间与因果关系的结合保证了观众的充分投入，让故事所有的叙事段落处于一系列因果关系之中，观众得以不断整合过去与现在，并且期待着下一个场景。"心理学的因果关系便允许经典性的观者综合现时与过去，并且形成对未来故事事件的明晰的假设。"[17]这种被精心设计的期待视野是剧本设计者控制观众的强力手段之一。

时间顺序式

指的是前后两个叙事单元只存在时间先后关系。如在《霸王别姬》中，少年程蝶衣、段小楼与师门众人一同照相，下一场接成年程蝶衣、段小楼在照相合影，此连接方式即为传统的时序方式。

在缺乏中心事件的电影中，叙事单元依靠时间关系进行接续。在《霸王别姬》中，电影由不同时间阶段划分出的段落构成。中国电影这种以时纪事的传统可以追溯到民国电影《大路》及《一江春水向东流》等。像20世纪末的《小武》这样着重刻画人物的电影，没有单一中心事件，整个电影的叙事段落也不是在统一的因果逻辑链条之中，因此时间变成结构这类电影的有效方式。如果说因果逻辑结构电影的方式我们可以用"因为……所以……"这个句式来概括，那么时间结构电影的方式则是用"然后……然后……"句式。

偶然性是时间结构方式的一大特征，人物命运更多地被置于偶然之中。因此在《霸王别姬》及《活着》中，人物的命运与中国社会的时代变迁交织，时代的一次次更迭在故事中是突然的。时代变迁的外部作用力成了人物在事业、爱情，甚至基本生存上的阻碍。《活着》将故事中的"偶然性"强调到了充满荒谬感的地步。

时间结构的电影中，散点叙述能容纳更多的情节量，《霸王别姬》和《活着》这样的电影有着共同的特质：充分伸展故事时间的跨度。电影通过故事时间点分割成不同的单元，展现不同阶段的时代面貌和人物命运。这类电影通常因为事件众多，缺失因果链条而呈现松散的散点式结构。

时间结构的电影故事曲线和叙事节奏也与逻辑结构的电影有很大的不同，三幕式的"开端——发展——高潮"叙事方式通常被抛弃。时间结构的电影虽然也讲究起承转合，然而一个突出的区别是，逻辑结构的电影的叙事节奏围绕着中心事件，叙事节奏一步步加快直至最后的高潮，而依靠时间进行段落接续的电影并不存在明显的递进叙事关系和递进叙事节奏设计。《霸王别姬》分为多个事件阶段：少年、成名后、抗日战争时期、"文革"时期等，各有其起承转合。《小武》这样故事时间跨度较短的电影，着重描绘小武的个人生活，而不是单一事件，描写了小武的扒手生活，小武与曾经的好友、现在的土大款靳小勇的"友谊",小武与歌女胡梅梅的爱情,用散点式的描绘对人物进行了全方位的塑造。

视点连接式

指的是上一个叙事单元进行人物讲述、回忆的描述或者暗示,下一个单元闪回人物的讲述或者回忆内容。如在《卧虎藏龙》中,玉娇龙在玉府对镜梳妆,画面聚焦于玉娇龙凝视镜子的脸,接着故事闪回至玉娇龙的新疆回忆。或者两个叙事单元属于并置的两个视点,电影在一个人物的视点叙事单元结束后直接引出另一人物的视点叙事单元,故事中不需要叙事人的存在。

电影中视点的不断漂移和转换可以构成电影的特殊形式感。这样的形式有着多种效果:群像的全景式刻画——《大象》通过无数亲历者的单独视点叙事,力图完整地呈现一场校园枪击案;一组人物关系中人物的认知差异与不对等——《怦然心动》(*Flipped*,2010)通过不断交替男女主角的视点,用限制性视点强化爱情关系中双方的立场和沟通的错位;悬疑电影中的设扣与解扣——《消失的爱人》用视点对信息进行扭曲,进而刻意误导观众与剧中人物。《消失的爱人》中,女主人公艾米日记本中的叙述,引导故事中的警察和故事外的观众在影片的前半部分相信纯真善良的艾米在这段婚姻中为了丈夫付出一切却遭遇出轨,这是创作者与艾米共同向观众打造的虚假信息,而后艾米本人的旁白出现,故事的视点发生重大偏移——由男主角移至女主角。同为悬疑电影的《小姐》(2016)则是直接将电影分割为三个章节,三个章节的视点使得故事呈现巨大的转折。在这些电影中,一方使用限制性视点叙事，使部分故事信息得以藏匿，而另一方视点的出现使得藏匿的信息得以交代。

倒叙和闪回也可以多层使用，构成更加复杂的故事。在《致命魔术》的开始，波登在监狱中拿到对手安吉尔的日记，故事进入安吉尔的旁白倒叙，而在安吉尔的旁白倒叙中，安吉尔正在破解波登的日记，由此开始了整个故事。一个倒叙套另一个倒叙，形成了一个异常复杂的故事结构。

日本电影《罗生门》将多层倒叙和并置倒叙相结合，在樵夫的倒叙中引出案件三个当事人的倒叙，而三个当事人之间的倒叙是从各自不同的立场聚焦于一个事件的，三者的倒叙又是相互排斥的。在悬疑电影中，视点的交替起到补充信息、揭露故事真相的作用，而《罗生门》的视点并置则使得故事更加扑朔迷离，因为每个叙述者都只讲述有利于他自己的信息。

悬空连接式

指的是上下两个叙事单元在连接时缺乏逻辑因果以及时间关系，也不存在视点关系，通常叙事单元的意义会在之后的某个时间点进行补充。悬空的方式对时间、逻辑进行割裂，更多地用于引发观众对两个叙事单元关系的思考，制造悬疑。

科幻电影《降临》(*Arrival*，2016)中，影片一开始简短地呈现了女主角与女儿的人生回忆：从女儿的出生、成长，到女儿的死亡。接着马上通过旁白引出另一个叙事单元——女主角作为语言学家参与一个有关外星人降临的项目。两个叙事单元的关系在时间和逻辑上都存在着不确定性,直到电影后段才将两者的关系揭开。再比如《记忆碎片》,当中几乎每个叙事段落之间都处于悬空的连接关系,而叙事的脉络需要观众动用智慧亲自梳理,电影更依赖观众的参与。

小　结

建筑学的至理名言是:形式永远服从于功能。房子的功能是第一位的,只有从房子的功能出发,产生出来的建筑才是至美建筑。

剧本结构从大的方面而言是影片的形式。电影也是功能物。无论作为一次性消费功能的商业电影还是作为审美追求功能的艺术电影,都需要以此反推电影合理的剧本结构。

板块结构最重要的是对时空的重置,不仅仅是空间,如贾樟柯的《山河故人》(2015)。这不是一部可以用商业电影的线性时间结构风格所能读解的电影。这是一种更加另类、更需要观众参与的电影。这种结构首先是对时间的革命,同时也解放了空间。

合适的结构能帮助电影打破自身框框。《低俗小说》的革命性结构方式,极大拓展了电影结构的维度,也拓展了电影的意义。

结构是风格样式。结构电影的方式决定了电影类型。我们很容易因为《消失的爱人》的结构方式而把它归类为悬疑犯罪电影。

结构也是故事。选择结构一部剧本的方式,其实就是选择一个电影的讲述方式。结构也是价值观。《罗生门》的结构方式,渗透出剧本设计者对世界的看法。

好的结构，就是重置时空。常规的商业电影对这个不敢冒太多风险，所以大多采取顺时的、因果的、单一视点的结构方式。而大胆地以时间、视角或悬空为结构方式，是许多个性化剧本设计者的追求。

注　释

1　罗伯特·麦基：《故事》，周铁东译，天津：天津人民出版社，2014年9月第1版，第44页。
2　悉德·菲尔德：《电影剧本写作基础》，钟大丰、鲍玉珩译，北京：北京联合出版公司，2016年11月第1版，第166页。
3　克里斯托弗·沃格勒：《作家之旅》，王翀译，北京：电子工业出版社，2011年11月第3版，第7—8页。
4　罗伯特·麦基：《故事》，周铁东译，天津：天津人民出版社，2014年9月第1版，第33页。
5　威廉·M.埃克斯：《你的剧本逊毙了》，周舟译，北京：北京联合出版公司，2016年8月第1版，第89—90页。
6　罗伯特·麦基：《故事》，周铁东译，天津：天津人民出版社，2014年9月第1版，第297页。
7　亚里士多德、贺拉斯：《诗学·诗艺》，郝久新译，北京：中国社会科学出版社，2009年12月第1版，第21页。
8　肯·丹西格、杰夫·拉什：《超越套路的剧作法》，易智言等译，北京：北京联合出版公司，2016年12月第1版，第21页。
9　悉德·菲尔德：《电影剧本写作基础》，钟大丰、鲍玉珩译，北京：北京联合出版公司，2016年11月第1版，第126页。
10　肯·丹西格、杰夫·拉什：《超越套路的剧作法》，易智言等译，北京：北京联合出版公司，2016 年 12 月第 1 版，第 33 页。

11 同上，第 37 页。

12 安德烈·巴赞：《电影是什么》，"摄影影像的本体论"，崔君衍译，中国电影出版社，1987 年，第 13 页。

13 大卫·波德维尔：《好莱坞的叙事方法》，白可译，南京：南京大学出版社，2009 年 6 月第 1 版，第 80—81 页。

14 罗伯特·麦基：《故事》，周铁东译，天津：天津人民出版社，2014 年 9 月第 1 版，第 48 页。

15 同上，第 259 页。

16 肯·丹西格、杰夫·拉什：《超越套路的剧作法》，易智言等译，北京：北京联合出版公司，2016 年 12 月第 1 版，第 28 页。

17 大卫·波德维尔：《经典好莱坞电影中的时间与空间》，陈梅译，载《世界电影》，1988 年第 6 期，第 43 页。

视点就是叙事角度，任何故事都有叙述者的有形或无形的存在。剧本设计要关注视点，要想象未来电影的叙事角度：谁是故事的叙述者？故事从何种角度切入？故事又包含何种意识形态观点？

电影是一门"看"的艺术，"听"可以说也是"看"的一种。无论从制作、保存、观影方式来观察，电影展示的都是一种看和被看的关系。从早期《火车进站》到梅里爱固定机位的戏剧电影；到包含视点镜头、正反打等内在缝合体系的经典好莱坞电影；最后到那些专注于"观看"的现代电影，如基耶斯洛夫斯基《十诫》（*Dekalog*，1989）中的《情诫》、科波拉的《对话》（*The Conversation*，1974）及安东尼奥尼的《放大》（*Blow-Up*，1966）等。在这些电影中，故事讲述者都对电影"看"的现象与本质进行了表现与反思。

论及"视点"时，这里主要借用法国电影理论学家雅·奥蒙（Jacques Aumont）在《视点》一文[1]中对"视点"所做的定义：

（1）视点首先是指注视的发源点或发源方位；因而也指与被注视的物体相关的摄影机的位置；

（2）与此相关，视点是指从某一特定视点捕捉到的景象本身；

（3）叙事性电影中的画框总是或多或少地再现某一方——作者一方或是人物一方——的注视；

（4）所组成的整体又最终受某种思想态度（理智、道德、政治等方面的态度）的支配，它表达了叙事者对于事件的判断。

概而言之，视点包含这样几个方面：人物注视点、摄影机机位（往往是与人物的注视点不同的）、画面、隐藏在画面背后的人物的注视以及这种注视所蕴含的观念和立场。由此看来，视点包含了奥达特所谓"双舞台体系"的"双重舞台"——演出舞台和观看舞台[2]。

从剧本的角度来说，我们可以把视点分为两个方面的问题：电影的（假想性）切入点的问题和由切入点所延伸出的剧本设计者的某种观念。站在什么角度讲故事（这里指热奈特所说的"聚焦"方式）是剧本设计者遇见的第一个问题。剧本设计需要寻找故事切入点，观众一般会知晓他的选择并默认其合理性。

《钢琴家》选择以钢琴家席皮尔曼的视点来经历残酷的"二战"，从1939年纳粹入侵波兰到1945年德国投降。整个故事中，故事讲述者以冷静客观的态度描述席皮尔曼这六年的遭遇，他永远被孤立地观察，与他无关的事件及人物被讲述者完全过滤掉了。电影中，席皮尔曼永远被动地逃生、被观看，他无法左右自己的一丁点命运。这种叙述角度当然是剧本设计者精心安排的。在电影史上，我们经常能找到这么一位如此被动的主人公，他被冷酷地置于历史及人性实验室中。这是关于席皮尔曼个人的历史，它当然也投射出整个"二战"中犹太人的命运史。

常言道，莎士比亚之后无故事，不过不用担心故事是否有人讲过，最关键的问题是用怎样的视点源来建构故事，视点决定故事的信息过滤和观念立场。视点源的选取决定了故事中信息的限制和引导，并产生悬疑性、误导性等多种故事效果。《消失的爱人》的视点源在男主角和女主角之间来回游移。开场妻子于结婚五周年之际失踪，引出两条线：一是以丈夫的视点为主线的现在时，警方逐渐介入，发现妻子有可能被丈夫谋害；二是过去时，以妻子的视点为副线（后来我们知道这是妻子伪装的视点），用日记本画外音的形式闪回讲述两人从相识到婚姻的种种。在这种限制性的叙事下，妻子的失踪更加神秘，丈夫的形象逐渐坍塌，悬疑感急速加强，观众开始对故事描绘出预期的模样；影片行至一半，失踪的、出现在回忆中的女主角开始强行接管叙事话语权。妻子成了视点源，故事也切换到她的视角，为观众解开"预谋失踪"的原因：女主角是什么样的人，她的欲望是什么。这一次视角的完全扭转对人物、故事、主题等完成了颠覆性的叙述。两个限制性视角之间的切换在影片结尾处汇集成全知式的展现。故事讲述者用两个限制性视点加上最后的全知性视点让故事的叙述方式丰富多变，完全控制了观众。

视点作为创作技法

电影剧本中的视点体现在两个方面：故事聚焦策略和故事叙述人的设计。在《叙事话语 新叙事话语》[3]一书中，热奈特根据叙述者和人物的信息范围，把聚焦的方式分为三种：零聚焦、内聚焦和外聚焦。聚焦关系到剧本设计者的信息控制和认同策略。我们可以用热奈特聚焦概念的分类方式来梳理视点在剧本中的实际运用。

剧本信息控制：聚焦方式

零聚焦：叙述者大于人物所知

叙述者无所不在，有权利知道并叙述出影片中任何一个人物都不可能知道的秘密，这是大多数电影所采取的叙事角度，像《变形金刚》《钢铁侠》这类好莱坞商业电影大部分都采用这种全知视点的方式。零聚焦的全知视点赋予故事讲述者更多讲述上的自由，故事讲述者知晓所有事件，也知晓所有人的观点（不管是内心的还是外在的），并根据自己的喜好把它都表达在故事里头。故事讲述者是一个无所不在、无所不知的上帝。

在《南京！南京！》（2009）中，观众能看到日本侵略者在想什么、干什么，也知道中国人在想什么、干什么，也知道欧美人在想什么、干什么。电影企图把三方视点拢在一块儿，表达一种全方位"客观"的历史叙述。但全知不是"无观点"，全知也不代表"客观"或"真实"。一旦故事被讲述了，视点就存在了，"观念和立场"就不可避免了。《南京！南京！》故事讲述者企图用"骑墙"的方式包容中日两方的视角，企图用最大角度的全知来讲述历史，事实却导致接受者的游离及困惑。《南京！南京！》在中国所受到的质疑再一次说明所有关于历史的叙述中，都不可避免地预设了国家和民族的视角。所谓全知或零聚焦的企图，是不可能达致的目标。

全知并不代表真实，全知是剧本设计者在对故事世界每个角落都知晓的前提下，选择其认为有意义的一些事件，把它们杂糅在一块，形成故事。一旦做出选择，意识形态自然形成。《建国大业》号称有两个目标：一是尊重历史，尽量做到客观；二是故事讲述要好看，也就是要有戏剧性。这是一部关于中华人民共和国建立过程的文献式历史电影，它试图以无限靠近历史真实的全知视点来叙述历史事件，比如影片的第一场戏：毛泽东、蒋介石的会面（这是历史上这两大对手的唯一一次会面）。电影展现出来的并不是两个强者的较量，而是群像。这其中有国民党内部官员、其他民主党派、记者等，牵扯到的人物众多，观点庞杂，采用的视点是无所不在的全知。影片努力做到客观，告诉观众历史上这个事件是怎样发生的，历史人物都做了什么，细节又是怎么样的，用全知的视点来展示历史的本来面目。但作为重大题材的主旋律电影，《建国大业》的全知自然也不可能是纯粹的客观，影片的视点不可能不带有胜利者的"观念和立场"。事实上，这类历史电影的"观念和立场"比起纯虚构电影一点也不逊色。意识形态观点不可避免地渗透到全知视点中。有视点就有角度，有角度就有"观念和立场"。

全知性视点会让故事没有那么有挑战性，事件也没有那么独特和新鲜，最关键的是，全知视点会让观众产生"讲述者不在现场，他又怎么知道这些"的疑惑？试图藏在故事后面的全知、上帝式的讲述者经常会被揪出来，故事的真实性会被质疑，叙事的缝合企图就告失败。

为弥补全知视点这一缺陷，聪明的剧本设计者会把视点限制于某一人物身上,做出故事是某人经历的、并没有全知叙述者存在的样子。《钢琴家》是这类电影的典型。那些对客观世界的所谓现实性反映不感兴趣的剧本设计者,越来越希望能进入个体意识,以纯个人的态度来观察及表现外部世界及人物内心,限制性视点的运用也就越来越多。

内聚焦:叙述者等于人物所知

故事中的人物所不知道的,叙述者也无法知道。叙述者附着在故事中的某个人物身上,剧中人物或者某个旁观者成为视点的宿主,如《肖申克的救赎》中,故事讲述者就是把视点置于次要人物狱友瑞德身上。

单视角的限制性视点:影片的叙述限制在一个人物的视点展开,并且贯穿影片始终。这种限制性的手法多强调以"小视角"窥"大世界"。波兰斯基的《钢琴家》是一部极致的限制性视点的作品。影片基本上每一场都有男主人公的存在,视点和镜头都跟着他游走,跟主人公没关系的或他缺席时的场景被限制。这部电影是根据主人公席皮尔曼的回忆录改编的,回忆录本身也是用第一人称来讲述的。影片选取了1939年到"二战"胜利后的这段时间,钢琴家席皮尔曼经历战争的几个不同的时期:犹太人家庭初受战争的冲击;全家迁移到隔离区居住;只剩男主独自偷生,做德国人的苦役;接受朋友援助,躲避迫害;生病后奄奄一息,顽强求生;遇见德国军官;战后重新演奏钢琴。故事的每一段落都离不开男主角在场,着重展现的是钢琴家席皮尔曼的人生际遇。《钢琴家》表现了个人在历史中是无助和可悲的，没有斯皮尔伯格式重现史诗战争及个体英雄主义的企图。把《钢琴家》跟《拯救大兵瑞恩》(*Saving Private Ryan*，1998)关于历史与个人的态度做一次比较，我们会发现《钢琴家》选择的视角更加个人化，并以严格的视角控制来创造历史真实感。

在常规的剧作法中，一个故事的主要人物要有主动性，他要积极主动地去处理各式各样的冲突及现实遭遇，并彰显性格，但《钢琴家》中，主人公席皮尔曼被动地流离失所。整部电影中主人公基本上都是被历史及他人推动着，他只有一个目的：活下去。席皮尔曼是"二战"的受害者，但他旁观了整整六年，或者更确切地说，他被窥视了六年。对比《拯救大兵瑞恩》——拥有全知视点及主动型人物，《钢琴家》的限制性视点及被动旁观的主人公，让观众更能感觉到剧本设计者所讲述的历史的独特性，而这些独特性又带来历史的真实感。跟全知视点努力多角度来叙述历史的企图相反，限制性视点有时候是用单一、限制性的方法，让观众体验到真实感，从而自觉地被故事讲述者缝合到故事中。

在《钢琴家》式的单视角限制性视点下，"宏大历史"是被讲述者限制了。而在《建国大业》或者俄罗斯的《斯大林格勒》(*Stalingrad*，2013)这些全景式描述历史的电影，过分强调文献感及客观感，有时候反而会让接受者产生怀疑：故事讲述者有能力对历史全知吗？无论故事讲述者怎么标榜客观真实，讲述者的"观念和立场"都已内置于视点之中，并自觉或不自觉地显示出来。

《情人》(*L'amant*，1992)采取的限制性视点没《钢琴家》严格，《情人》也会有女主角不在场的场景发生，不过没有女主角的场景的戏是跟她的故事紧密相扣的，比如说她哥哥那场戏，以及梁家辉饰演的情人到来之前那几个镜头，这些显然不是在她的视点之内的。《情人》也不是那么严格遵循女主角的视点叙述的，但影片一开始的画外音，让观众产生这样的一个错觉：影片是用个人角度叙述她的故事，即使在影片中时不时有全知视点的出现。

这种画外音的运用会让观众认为：这是故事写作者曾经经历过的生活，是影片发生的故事等同于讲述者（即故事写作者）真实故事的一部电影。比如开头，强化玛格丽特·杜拉斯在写作《情人》这本小说，从旁白听得出，这是老年杜拉斯在书写年轻时候的故事。影片开头用"个人身份的一致性"这种惯用的叙事手法，让观众坚信：这是作家杜拉斯在回忆她年轻时候故事的电影，白人女孩与中国男人的爱情故事，是少女杜拉斯真实发生的事（画面分析详见下页）。

《情人》所选取的视点并非一般自我回溯性的自传式视角，相反，影片总在打破"真实"的自传与"虚构"的故事之间的边界，形成"含混"的叙述方式，一方面强化自传题材，一方面在向虚构让步。在自传与虚构作品之间摇摆不定，在"我"的生活与"我"写作的故事之间来回摆动。《情人》基本遵循线性的情节进程，观众比较好把握。但是画外音却故意让观众产生疑惑：一会儿讲述者说"我"做了什么事情，一会又说"她"的事情，究竟这个白人女孩是不是杜拉斯，这段缱绻绮靡的爱情是不是真实发生过？《情人》似乎在刻意诱骗观众进入一个似是而非的地带，以达到某种间离效果。

叠化镜头,正在书写的钢笔的特写,与这个故事的书的特写。能清楚地看到书脊上的外文"Marguerite Duras",即"玛格丽特·杜拉斯",作者之名。

以"我"为主语的旁白叙述开始了,镜头摇至一张少女的脸。观众理所当然联想到:这是叙述者的脸,她在讲述她少女时期的故事。

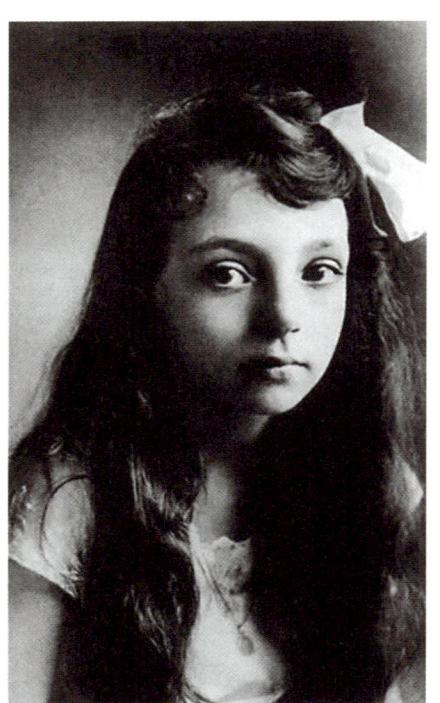

左为真实的杜拉斯少女时的照片。上为电影中讲述者即女主人公少女时的照片。两者从神态、样貌、质感(都为黑白)上来说,存在很大的关联性。观众很容易认为《情人》是杜拉斯的自传性影片。

下面让我们来分析《情人》的旁白（见第150—151页）。不再对真实执着，而是还原"内心"，《情人》中过去与现在、青春与年老、天真无邪与酗酒都是同一个人。《情人》以女主角的视点切入，叙述者的身份不断游走在第一人称与第三人称之间，是"一个感到自身变成了客体的主体"（罗兰·巴特语）。《情人》无论是小说或者电影，皆与玛格丽特·杜拉斯的名字紧紧联系在了一起。电影采用杜拉斯不断认同又同时否认的"故事与她本人一致性"的叙述视角，为观众带来深达人性的某些最隐秘、最根本的角落。《情人》自始至终涌动着超越"回忆的真实"的丰沛情感力量，这是本片含混的叙事视角的副产品。《阳光灿烂的日子》中也有类似的马小军坚定的回忆自述，但也有时不时出现的间离效果，在运用限制性视点努力抵至纯个人式的模糊内心深处上，这两部电影有异曲同工之妙。

比起《钢琴家》个人传记史的真实感人，影片《黑天鹅》（*Black Swan*，2010）单视角的限制视点更是直接由人物的外部展现进入内心世界。让娜塔莉·波特曼（Natalie Portman）摘得奥斯卡影后桂冠的电影《黑天鹅》表现的是一名芭蕾舞者对艺术至高追求以致疯魔的精神状态，影片用白天鹅与黑天鹅的艺术形象隐喻人性的正面和阴影。女主角妮娜面临现实中让她压力倍增的挑战——她要在大型演出中担任芭蕾舞《黑天鹅》的首席舞者，在实现艺术追求的道路上，她的人格被彻底地扭曲了。影片以主角妮娜为视点出发者，一层层剖开了自我人格的里子和面子。

妮娜在竞争的压力下激发了原本伪装成健康的分裂人格，陷入怀疑、矛盾、分裂的状态。"黑天鹅"的召唤和内心受到压抑的"本我"

《情人》中叙述者视角的变化

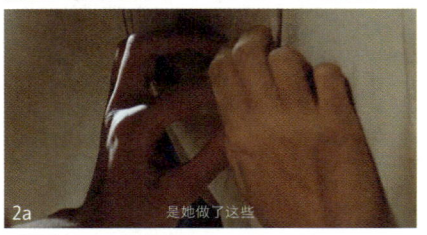

1：故事的开头，少女主角倚靠在湄公河渡轮的船舷上，旁白是年老的她的声音，讲述这段爱情的开端。
请注意这个故事的第一个镜头，是在湄公河的渡轮上。这个镜头被杜拉斯称为"这个形象本来就是在旅行中清晰留下来的"。

2a：女孩第一次与富有的中国少爷做爱，这时旁白仍旧是年老的叙述声音，但是人称由"我"变作"她"。给人的感觉是叙述者在讲其他女孩的故事，而与自己无关。

2b：同一个场景，当做爱结束，年老的叙述者人称又换作了"我"。

3：以"我"的视角回忆，串联起女孩和男人的故事。两人经常一同出现在黑色轿车的空间内。

4：以"我"的视角回忆，串联起女孩和男人的故事。两人的关系只有现在，没有未来。

《情人》中叙述者视角的变化

5：以"我"的视角回忆，串联起女孩和男人的故事。女孩的家人与男人在一起。

6a、6b、6c：女孩与中国少爷故事的最后一幕，是女孩和家人乘坐游轮离开。这时旁白又一次变成"她"。
这个场景与二人的开始相呼应，男人坐在轿车后座，是个模糊的身影，女孩用同样的姿势倚靠在船舷上。

7：影片最后的镜头回到正在写作的老人身上，旁白使用的仍是第三人称。
开头强调的是写书者杜拉斯（就是这个故事中的白人女孩），而结尾镜头中写作的女性，她的画外音却说这是"她"的故事，是杜拉斯创作的故事。

电影《黑天鹅》女主角妮娜

不断从主角意识的伪装中流露出来,影片叙述限制在女主角现实中遭遇的压力、不堪重负的母女关系等,但视点没有止步于展示人物的目标以及她与环境的关系,而是深入走进了她所幻想的潜意识领域。女二号的出现是她本人人格中"黑天鹅"的镜像,她带领女主走进夜店释放本性,从性的角度引诱女主不再做无性魅力的高冷女,直至女主动手杀掉引诱她变坏的"黑天鹅",才发觉自己早已将"黑"与"白"融为一身了,或者说她们本来就是一体的。

多视角的限制性视点:叙述者附在影片中多个人物的身上,知道每个人物视角下观察到的影片的世界,并以此组成影片总的叙述事实。

电影《大象》对电影语言的探索令人回味,影片最大的特点就是它的叙述方式,对观众的观看习惯造成了很大挑战。故事围绕着一个青少年校园枪击案的完整经过展开。首先,影片让经历枪击案的学生以他们的名字展现各自在学校的活动,原本线性的情节链不再是依次行进的,几个人物和重要的情节点像麻绳上的纽扣一样相互碰撞、纠缠在一起。比如某个情节在电影中在多个学生的视角下重复出现。

对于同一个情节"约翰在走廊上遇见阿莱亚斯,后者给他拍照,米歇尔从旁边经过"的多视角拍摄。

再者，导演把时间线上的每个节点打乱，以每个当事者的视点重新叙述，观众要随着人物的活动不断调整自己的视角，了解每个学生分别在做什么，以逐渐还原事件本身的时间顺序和逻辑事实。《大象》用每个学生不同的视角，准确描述了校园枪击案发生的全部过程，而一般犯罪事件的电影，选取的视角不会这么多，或者干脆用客观视角，有可能导致创作者在叙述中存在意识形态倾向。《大象》采用多视角的限制性叙述，一直在努力避免创作者对于影片的意识形态倾向，通过进入每个人物的视点，最后汇聚出一个事件的真实——真相就在这几个小时同学们的经历中——创作者竭力不做过多的评价。

《罗生门》采用的是多视角共同聚焦同一事件，不同视角互斥，限制了对事件真实的还原。《罗生门》由几个人物视点建立这个故事的叙述，也就是说它没有唯一的主人公，而是根据多个人的角度对谋杀案进行叙述，每个人都有他的角度，每个人都不是所谓的第一人称，每个人完成对事件还原的过程中都展示了个人要强调的部分与避重就轻的部分。每个人物的叙述拼凑在一起，形成了对事件真相的"再现"，然而这个"再现"是带有每个叙述者主观性的，谋杀真正发生的过程观众永远不得而知，黑泽明根本无意去真实上演一遍武士遇害的情节。众说纷纭下每个人物对事件都有着清晰的复述，然而多视角的限制性叙述造成的结果是：事情的真相永远是模糊的。这是比较少见的叙述方式，一般限制性视点叙述都跟着某个视点人物展开故事，基本上还是一个全知的角度，而《罗生门》是一个典型的多视角限制性视点的作品，它的重要价值在于，多视角的限制性叙述最终走向的是对真实事件的无法还原。

电影《罗生门》中和尚、樵夫、乞丐闲聊引出"罗生门"事件

《罗生门》是一部完全关于视点的电影,评论家把它看作"二战"以后全球对当时现状进行质询的一个代表作品,从视点上来说,很多人基于"我"出发的视点会构成对于同一事件的很多种描述,进而变成一个复杂的而且构置起来可能会互相矛盾的表述,这直接暗示了故事真相的不可知,以及从此溢出的怀疑主义哲学观。

电影《心迷宫》围绕着一桩乡村命案,牵扯了村庄中部分村民,展现了人与人之间不可言说的秘密以及人性中迷失的部分,因此本片的视点也选择了多视角的限制性视点,每个人物内心不为人知的"恶"就被更淋漓尽致地窥探到。首先,本片的视点聚焦于几组人物,展示他们之间的关系,有表面的也有地下的。其次,在每组人物的关系之内再次对准每个人物个体,探究他们的内心活动是什么,每个人都有自己的欲望与私心，影片的视点在每个主要人物身上转换，观众能知道这个人物是这样做的，原来他想的却是那样，这样观众知道的就比人物多。整个故事线是以不同人物的视点变化编织起来的，根据这个变换，观众就随着影片的推进构筑人物关系、情节关系、逻辑关系等，一张涉及全村众多人物的"心网"就是如此循序渐进地架构起来的，最后营造出"迷宫"的既视感。

所有电影都有自己的视点，剧本设计者要选择合适的视点来讲述故事。无论是单一或多人的限制性视点，其实都是全知视点的一种伪装。当故事讲述者对着影片上的少女画面说出"这就是我"（《情人》画外音）时，画面上的"我"仍然是一个"她"，这就是小说与电影的不同，不管画外音怎么自称"我"，画面呈现的却完全是一个"他"，这种间离也在《阳光灿烂的日子》里毫不掩饰。故事讲述者需要用第一人称来把一个明显是全知视点的故事，伪装成一个单一限制性视点的故事，这种伪装通常只是为了增加真实感，并加强对观众的意识形态控制。

旁白与人称叙事

视点的出现和转变，许多时候都是通过故事中叙述人的出现而被强调的，叙述人的身份（不一定是故事文本内部的特定身份）和故事讲述的人称使用方式，显示出对于故事的不同态度和距离。以明确的人称来讲述／呈现故事便是人称叙事，人称叙事的讲述／呈现行为更多地通过旁白来实现。

文学作品作为一种书写文本，人称的识别是显而易见的，但在电影里则复杂得多。一方面，电影不一定具备显性的叙述人，可能完全以影像再现进行叙述；另一方面，在一些电影中，虽有以旁白的方式存在的显性的叙述人作为创作者与受众的中介，但是旁白在很多情况只在需要的时候出现（引领观众进入或者走出叙事等），并不会紧密地跟随故事的叙述过程，这种人称的不严格存在扩大了电影的视角。电影旁白叙述人引导出的故事叙述中可以出现他没有见到甚至不知道的事件，正如大卫·波德维尔所说："电影叙述作为视听展示而不是书写文本，是投机地对交流模型进行零碎的借用。"[4] 电影中的人称叙事和视点叙事通常并不严格，也不持续，不再是精确无疑的系统，而成为一种诉诸具体再现目标的修辞手段。在很多电影中，视点在开始时是单人的，慢慢变成群体性的，比如《疯狂原始人》(*The Croods*, 2013)，一开始小姑娘是本片的叙述人，她是"我"，然后通过小姑娘进入她的家庭，进入历险，小女孩并不总是在场的，但是她带动了影片，这是以第一人称进入、以全知视点结束的一种叙述方式。

剧本设计者经常会运用旁白来叙事。旁白具有显而易见的两种作用。

一是提供客观故事信息，参与故事与情节的推动，如《柳堡的故事》(1958) 开头的旁白是这样提供故事发生的背景的：

> 五年以前，那是1941年的春天，我在新四军的一个连队里当指导员。

二是直接表述心理，拓展出故事中人物的心理状态，如《天使爱

电影《纯真年代》中纽兰在海边遇到艾伦

美丽》(Amelie,2001)中介绍儿时艾米丽的旁白:

> 艾米丽6岁了,跟所有小姑娘一样,她希望爸爸能时不时抱抱自己,可是爸爸只在每月给她体检时才跟她有肢体接触,所以小丫头每次都会被这难得的亲近吓到,小心脏不可控制地狂跳。

这样描述人物心理的旁白,是在拓展故事背后的人物状态。

旁白作为文学性语言,也能为电影增加文学美感,马丁·斯科塞斯的《纯真年代》(The Age of Innocence,1993)改编自同名美国小说,采用了小说文字作为旁白,将文学美感和表述力置入影片的叙事之中,其中的经典一幕是男主角纽兰再次遇见女主角艾伦的时刻,两人因社会和阶层文化的压力压抑情感,纽兰在突破自我向艾伦求爱后遭到拒绝,然而他们又再次于海边相遇,旁白以优美形象的语言向我们讲述了纽兰的心情:

> 睽违一年半,他还是经常听见她的名字,他对她的动态时有所闻,但这并未激起任何涟漪,只像听见一个死人的陈年往事,

但过去却突然鲜活起来，好像最近出土的原始洞穴，孩子们带着火把闯入，却看见早已作古之人，在墙上盯着你看。他决定给自己一个机会，帆船驶过灯塔前，她若转身，他就走向她。

电影中的人称叙事主要分为两种——第一人称"我"、第三人称"他"（第二人称的人称叙事在电影中暂时缺乏有说服力的例子）。不同人称的旁白有着不同的语气、与观众的心理距离和可信度。从经验上来讲，我们很容易理解以"我"为开头的第一人称，因此第一人称视点打造一种幻觉：用画外音正在说话的人就是故事的叙述者。在文学中用"我"肯定是第一人称的视点，而电影中没有"我"，因为观众在看电影，看的是一个人物形象，"我"是另一个主体，不是现实中的"我"。从这个方面来解读，电影不存在第一人称，电影全是第三人称。"我"在电影里面就是"他"，观众看到另外一个他人。用第一人称叙事的影片，总是给人一种叙述者就是那个说话的"我"的幻觉。事实上，叙述者在这个第一人称的"我"背后，控制着"我"。

电影的视点，除了一些极端的电影（如希区柯克的《夺魂索》[*Rope*, 1948]）外，可以说都是全知视点。剧本设计者经常面临的是如何把全知视点伪装成更加真实可信的限制性视点，旁白则是剧本设计者最乐于采用的简便工具。旁白的叙述人可以是主人公，如《情人》以"女孩"作为叙事的出发点；也可能是故事中的次要角色／旁观者，然后用这个次要人物的第一人称视点来叙述故事，比如《了不起的盖茨比》（*The Great Gatsby*, 2013），以作家尼克的口吻描述了盖茨比一生追寻心中挚爱却被谋杀的悲剧人生，通过他冷眼旁观的描述，神秘富豪盖茨比的内心和过往被一一揭露，观众被盖茨比的热忱打动，对金钱与谎言充斥的上流社会生出寒意。

第一人称叙事

以"我"第一人称叙事有着直观的听觉性，观众对叙述人——故事中某角色——会有更多的移情效应和认同。比如在看《阳光灿烂的日子》时，看到"我"——马小军，第一，观众会把马小军跟自己分开，第二，观众会被他移情，"他"也会被认为是"我"。视角限制在某个人物身上，能有效增加人物的代入感。随着限制性的叙述，观众更容易进入人物内心，对人物也有更深入的了解和信赖。

第一人称视点不像客观性的、没有具象人格的全知讲述，有着更低的可信度，也就是说，当叙述人的身份一旦具象化、人格化，他／她便有了作为一个人物的立场和戏剧性需求，掌握着叙述权的他／她便存在着欺骗、误导观众的可能性，很多电影在这一点上大做文章，通过误导和最终的揭示来引发故事的陡然转向。《阳光灿烂的日子》和《赎罪》(*Atonement*，2007)结尾，主角／叙述人改口推翻了前面的讲述，原来前面的故事是主角对往事的另一番更加理想化的想象，呈现出现实与想象的割裂。电影《七月与安生》(2016)中，电影公司找到安生，表明想改编网络小说《七月与安生》，却苦于寻找不到作者七月，安生表明对七月近况一无所知，然后安生回到家，翻看小说，接下来故事进入《七月与安生》这本小说的叙述，由七月的口吻徐徐展开，再在电影的最后对小说叙述和安生对男主角家的叙述进行了递进式的两次揭露，呈示了小说叙述与现实境况之间的割裂。

我们强调过，任何电影叙述其实都是全知视点。只是在《阳光灿烂的日子》里，把这种全知的视点，伪装成第一人称的限制性视点，以让接受者感觉到真实或某种感同身受。这种伪装，有时候也并不刻意，比如影片以成年后声音沧桑的"马小军"的画外音讲述少年"我"的故事，还有作为叙述人的"我"的故事讲述中不断质疑记忆的真实性，都在解构叙事本身的权威性。分析一下影片中的旁白，我们会有更有趣的发现。

> 北京，变得这么快。20年的工夫它已经成了一个现代化的城市，我几乎从中找不到任何记忆里的东西，事实上这种变化已破坏了我的记忆，使我分不清幻觉和真实。我的故事总是发生在夏天，炎热的气候使人们裸露得更多，也更难掩饰心中的欲望。

这段旁白伴随着字幕徐徐道出，观众还没有看到"我"的形象，就借助画外音得知这是一部有关记忆的影片，而这种由导演姜文亲自配音的个性化语言，鲜明地标识出与主流意识形态截然不同的个体化历史书写方式。影片在开篇便对"我的记忆"有了一个基本的判断——分不清幻觉和真实——开宗明义地表明"我"不过是一个伪装的全知叙述者，请接受者小心了，"我"告诉你们的不一定是真实的。真实性是《建国大业》这类主旋律历史文献大片追求的最高目标，《阳光灿烂的日子》从一开始就已经分道扬镳，追寻自己的个人化历史叙事去了。

故事讲述者在《阳光灿烂的日子》里从来不讳言自己的存在，甚至于帮助接受者来质疑自己。大多数采用第一人称叙述的影片，主要是从便于叙事的角度出发，叙述人小心谨慎地讲述故事，生怕观众识破其伪装的身份；而《阳光灿烂的日子》则是从抒情的角度出发，以"我"来讲述，画外音明确地说出分不清事实和幻觉，叙述人公然地向接受者宣称"我"的讲述任由情感改头换面，是不真实、不可靠、伪装的。《阳光灿烂的日子》第一人称的伪装视点以标新立异的叙述方式，潇洒自如地书写着个人感受中的"历史"。

同样作为个人讲述下的历史，《蓝风筝》以男孩铁头的视点，讲述了1953—1968年这段复杂且特殊的中国历史。影片呈现三段式结构——"爸爸""叔叔""继父"，每段故事都通过孩子歪歪扭扭的笔体在字幕中标出，同时每段故事的开头和结尾都配以铁头的画外音，来填补叙事上的间隙，交代一些未能在影片中直接表现出来的信息。铁头出生于斯大林去世后的第二年——1954年，我们从画外音的音色可以大致判断出这是一个十几岁的少年。如果我们将《蓝风筝》与《阳光灿烂的日子》中画外音的第一人称"我"加以比较分析，会看到其中很奇妙的不同。

虽然《蓝风筝》中这个十几岁的"我"以最纯真、诚恳的态度讲述着曾经的三段往事，但铁头作为叙述者的身份合理性却遭到质疑。由于年龄的原因，"我"不可能对幼年的事娓娓道来，也不可能发表那些超出十几岁少年理解范围的政治意识形态表述。也许影片的创作者也发觉这个叙述人身份的裂缝，故而特意将"我"的声音塑造成略微带大舌头和鼻音，试图借助这一朴实、憨傻的画外音来弥合质疑，但这个"我"始终是一个不可信的叙述者，是一个装作孩子语气和声音、讲着大人故事的成人。《蓝风筝》中铁头的"我"的视点显然是伪装后的全知的第一人称视点，这个伪装视点却生怕别人发现其虚假性，欲盖弥彰的姿态与《阳光灿烂的日子》中旗帜鲜明地表现甚至自我解构形成了绝妙的互文性。

影片采用铁头的旁白，也是全知视点的一种伪装，希望以一种限制性的错觉，影响接受者。比如影片开始时铁头的旁白：

> 妈妈常跟我说，因为斯大林的逝世，妈妈跟爸爸的婚期推迟了十天，结果我的生日也推迟了。

铁头叙述的是他的父母结婚时的事情，此时他并不存在于影片当中。一个尚未出生的人来叙述父母结婚的画面——铁头的画外音显然只是叙述者全知视点的一种伪装。可以说，《蓝风筝》的叙事策略其实一直处于矛盾之中，既想有全知全景式的"信史"追求，又用了个人角度的叙述。只是这种全知视点随意伪装在一个未出生的小孩铁头之上，显然不那么精心。但这也说明叙述者其实并没有抛弃全知叙述的企图，希望用全知视点来营造成一种"信史"的讲述。

同样，"我"在《阳光灿烂的日子》中自觉地进行限制性视点叙事，其中包括那段对痛打刘忆苦的记忆的否定，还有对其他事情的否定，叙述者自己同时也让接受者对整个事件甚至整部电影产生了一种存在性的疑惑。这种疑惑从本质上是对全知视点的否定，同时也是对个人叙述的肯定。叙述者通过在文体里否定自己的存在，当然也就否定其意识形态控制的存在。《阳光灿烂的日子》的这种限制性视点，从理论上来说，是最本质的限制性视点。

第三人称叙事

电影《双旗镇刀客》(1991)以这样的旁白开头：

> 这是个传说中的小故事，据河西的老汉们讲，孩哥出现在双旗镇的时候，那里还是一片荒漠。有人说是八十一年前，也有人说是七十一年前，总而言之是中国西部过去发生的故事。

从一开始，《双旗镇刀客》的讲述者就露出原形。讲述者告诉我们这是"我"，是讲述者在叙述的，讲述者没有角色意义上的身份。在《勇敢的心》里，则干脆用历史学家的旁观态度，追求一种客观感，表明故事是真正的历史。第三人称有着广阔的叙事范围和高可信度，同时无可避免地，观众与人物有着更多的距离感——尽管叙述人会透露人物心理，但这是一种陈述，而无第一人称的直接的"倾诉"之感。

一个伪装成历史讲述者的画外音拉开了影片的序幕。虽然预设了一个讲述者，但这是一种全知视点。《双旗镇刀客》采用这种平铺直叙的叙事方式，以不动声色的方式来实现客观陈述的目的。《红高粱》(1988)中对全知视点的限制也是采用了第三人称视点。相较《阳光灿烂的日子》中的"我"，《红高粱》说的却是"我奶奶""我爷爷"的故事。片头的旁白是这样的：

> 我给你说说我爷爷和我奶奶的这段事，这段事在我老家，至今还常有人提起，日子久了，有人信也有人不信。这是我奶奶，那年的七月初九，是我奶奶出嫁的日子。娶我奶奶的是十八里坡

烧酒作坊的掌柜李大头，五十多岁了才娶上这门亲，因为人们都知道，他有麻风病。

《红高粱》这种叙述方式，类似《蓝风筝》，但又区别于《蓝风筝》。《蓝风筝》中的铁头作为叙述者终究还是出现于影片中，算是第一人称限制性视点叙事的变种。《红高粱》中的"我"，并没有出现在影片中，只是以口传历史者的身份向我们传述他所知道的事。这种第三人称叙述者不是以一个行动主体介入叙事，而是用相对冷眼旁观的态度作为一个观察者。没有了全知视点无所不知的上帝之眼，也没有了第一人称限制性叙事的各种主观臆断，无论对于叙述者还是接受者而言，第三人称叙事较客观地审视历史，同时回避了全知的不可信，又免于第一人称叙事时的过于个人化，给接受者留下触摸到真实感的幻觉。

作为"思想态度"的视点

视点在叙事中代表着权力。视点也表达着剧本设计者对于故事的基本判断，"所组成的整体又最终受某种思想态度（理智、道德、政治等方面的态度）的支配。"[5] 这些思想态度包括人本主义、沙文主义、自然主义、消费主义、女性主义以及酷儿等所有你能想得到的观点。从近些年金棕榈奖的偏好可以看到，2015 年、2016 年金棕榈奖最佳影片《流浪的迪潘》（*Dheepan*，2015）、《我是布莱克》（*I, Daniel Blake*，2016）充斥着粗粝的现实主义态度。联想这两年世界发生的

电影《南京！南京！》中日本人角川目睹人间炼狱般的南京

大事,可见戛纳有着与全球政治同步的惊人预见性。探讨移民问题的《流浪的迪潘》得奖的同一年,巴黎发生了骇人听闻的暴恐袭击事件;探讨白左穷人问题的《我是布莱克》得奖后不久,特朗普当选了美国总统。这两部影片佐证了世界正在发生的变化。

视点蕴含的讲述者的立场能直接影响观众的接受。《南京！南京！》讲述者企图站在战争双方的角度来讲述抗日战争,既有中国军官陆剑雄的视点,也有日军下层士兵角川的视点。而事实上,一旦用"抗日战争"来定义和表述1937年12月发生在南京的事件,这就表明了讲述者的历史观和立场。《南京！南京！》这种"骑墙"的视点企图,事实上导致了观众在接受过程中的困惑及抗拒。《钢琴家》里视点的态度却是鲜明直接的:纳粹的形象是扁形反面的,复杂的人物是波兰犹太人。故事讲述者完全是站在波兰犹太人的立场来讲述这个故事的,展开的也是西方主流意识形态对"二战"的定论和共识。西方人在思想文化层面的禁忌清晰且落实在行动上,比如梅尔·吉布森的《耶稣受难记》(*The Passion of the Christ*,2004)就受到好莱坞犹太制片商的封杀，包括马丁·斯科塞斯的《基督最后的诱惑》(*The Last Temptation of Christ*，1988）等片，在西方也承受着巨大的压力。

认真分析《失恋 33 天》(2011)、《北京遇上西雅图》(2013）及《致我们终将逝去的青春》(2013）电影后，我们认为这是女性意识一部比一部强的三部电影。越代表女性角度来表达感情及讲述故事的电影，它的票房就越高，这跟中国女性观众的自我意识越来越强有关系。赵薇的《致我们终将逝去的青春》中通篇寻找男人爱情的女主角郑微在经历失恋与背叛后，慢慢找到了自己的人生位置，当影片结尾郑微再遇当年背叛自己的恋人时，她意识到自己不再需要男人的拯救，能独立自主选择属于自己的未来。赵薇这部跟黄蜀芹的《人·鬼·情》(1987）一样极具女性独立意识的电影，在中国女性电影中的地位却一直被忽视。

剧本设计者要意识到，任何电影都不是创作者拍给自己看的，电影是需要观看才能完成它的存在的。剧本需要一个观点，观众也希望他所看到的电影拥有观念和立场。视点代表了这些观念和立场的存在。电影需要让观众持一定的态度，而且创作者必须要对这些态度有一个预知。故事讲述者要对银幕上所有事情发表自己的评论。即使是号称客观的纪录片，也不可避免地存在着叙述者的态度。

一切皆故事。但我们很悲哀地看到，越是制作规模大的电影，故事讲述者所表达出来的观念和立场可能就越中庸，因为这类商业电影通常需要大量观众来帮助他们收回成本。小众艺术电影的生命力就在于通常他们会用一种另类的视点来讲述故事，并且表达创作者极具个人化的生活体验及观点。剧本设计者在进行剧本设计时，电影的类型及制作规模是不能不考虑的一个因素，因为这会影响到剧本视点的设定。

当然也有大制作的商业电影很巧妙地融合故事与观点。《疯狂原始人》里对古代人讲述故事的表现说明了好莱坞对故事的崇尚。古代人讲故事是他们的语言、艺术发展的一个方式。《疯狂原始人》中的家长对下一代讲故事，讲故事使他们拥有权力，同时故事也发展了绘画等艺术类别。这部影片对成人来说也不是浅薄的。

好莱坞擅长用他们的叙述方式包装异族故事，并行销全球。《功夫熊猫》(*Kung Fu Panda*，2008）是好莱坞讲述东方文化故事的成功作品。不同于早期的东方题材动画片《花木兰》(*Mulan*，1998)，《功夫熊猫》中的"师父"人物结合了中国道家文化因素和《星球大战》(*Star Wars*，1977）中的"师父"人物设置，好莱坞的创作者竭力站在了一个东方人的角度来设置故事中的观念与立场。《功夫熊猫》做到了许多讲述异族故事的电影很难做到的视点转变。

一些故事讲述者的电影叙事视角有着强烈的序列连贯性，使其电影有着一贯的价值观与风格，如贾樟柯的电影常常被认为充满现实感，很大一部分原因是贾樟柯电影的切入视角总是平民化和生活化的，且附着着强烈的时代性及地域符号。尽管贾樟柯的电影不乏戏剧性的强情节事件——但那也是中国人在日常生活中通过媒体所窥见的社会新闻，如《天注定》(2013)。贾樟柯的作品序列里总是存在着来自汾阳的小人物，这样一以贯之的叙事符号始终彰显着贾樟柯基于个人身份/记忆的表达立场，从而形成了独特的电影美学。相同或类似的视点运用，让贾樟柯几乎所有的电影都拥有一贯的审美及立场，比如《江湖儿女》(2016)有着跟《站台》及《三峡好人》(2006)几乎同样的叙述角度，视点源是一个底层小人物，由他（或她）带领我们进入一个非主流式的下层社会。贾樟柯的电影都是以纯个人的第三人称限制性视点来达到叙事上的仿冷静客观的全知。

这种在第三人称视点下寻找客观性在《活着》中也存在，影片中的人物不再被设置在相对真空的社会环境中，时代的进程影响了人物的性格乃至命运。最突出的莫过于福贵的儿子和女儿在时代背景下的非正常死亡——儿子死于"大跃进"大炼钢铁，女儿死于"文革"时期。二人的死亡虽不是在时代的直接作用下，但人为的间接原因更能引起人们的反思。

分析《活着》的视点策略，我们发现它既无全知式的企图，叙述者对宏大历史叙述显然没有多大兴趣，也不想局限于纯个人的视角，只表达"个人记忆的私人情怀"。《活着》采用了一种冷静、客观的视点，这种客观叙事，陈平原这样定义："作者不见得比读者高明，没有权利在小说中指手画脚教训读者，应该跟读者站在同一地平线上，没有过去的回忆，没有未来的预测，只有刚刚呈现的'现在'——这种纯客观叙事方式。"[6]任何叙述都是有态度的，纯正客观只能是一种幻想。《活着》所采用的类客观的视点，我以为跟《左传》以编年纪事的方式一样，都是以"某时某地发生了某事"的冷静方式纪事本末。类客观视点中，叙述者成功地让自己退后，感觉事件是"真实地"发生，没有全知的上帝，也没有个人的过分的情感。《活着》中，"龙二被枪毙，福贵在墙角撒尿"这一段落，机位固定在某个角落，看着那个无所适从的福贵在镜头前表演，甚至于枪响时，福贵半瘫在电线杆时,镜头也漠然不为所动,按陈平原的说法是"刚刚呈现'现在'"。叙述者不为银幕上的内容所动,似乎银幕上的内容是自然而然发生的;接受者接受了这种真实的幻觉,在内心里涌起可信感,这也正是叙述者所追求的。叙述者努力隐藏在视点后面,甚至让视点不被观众发现,用时间字幕等历史化的叙述方式来达致客观的幻觉。

小　结

视点的革命性作用是能把一个旧故事焕然一新。

剧本设计者应该善于运用视点来结构故事,让了无新意的故事在新鲜的讲述下,爆发出永远的生命力。《消失的爱人》就是这类用视点来提升故事吸引力的典型。而多视点作为一种叙事语式,在极致的情况下可以成为结构整部电影的逻辑,如《罗生门》《大象》等。在这类电影中,视点的设定影响了结构,才让电影变成全新的实践。电影中的视点建构大多数由导演最终完成,涉及旁白、镜头、剪辑等,但在剧本阶段,剧本设计者要提供故事的视点。故事使用全知视点、限制视点还是多视点?是否运用旁白?是第一人称旁白还是第三人称旁白?这些仍然是剧本设计者的首要义务。

关于视点就一句话:一个立足点和一个态度,对电影和世界的态度,对电影中所有人物的态度。作为剧本设计者,需要反思自己写的大纲和故事,自问对里面的人是什么态度,是否爱他们,是否支持他们的观点,是否觉得他们能够跟观众交流,而观众会对他们有什么态度?

视点的建立常常是剧本设计者面临的第一道难题。剧本应该提供视点，或设计视点。视点决定选择时间的方式，同时也决定重新结构时间的方式。剧本的新视点会导致影片新风格的形成。视点说到底是叙述者叙述故事的方式。那么在故事已经被莎士比亚讲完的时代，剧本设计者要找出一个新鲜的故事太困难了，如果要出新，叙述者只能换一个角度来叙述。同样的故事，用新的视点来叙述它，这故事就可能生机盎然。

对于剧本设计者而言，如果你找不到一个新的故事（这总是很难的），那么，你就应该去寻找一个全新的讲故事的方法。《消失的爱人》创新性视点的运用或许能给你一些启示。

注　释

1　雅·奥蒙:《视点》，肖模译，载《世界电影》，1992 年第 3 期，第 6—7 页。
2　"双舞台体系"是奥达特分析委拉斯贵支的《皇家侍女》时所用的理论术语。他认为："画面的本文是一个……'双重舞台'的体系。在一个舞台上，显示的是演出，在另一个舞台上，观众正在看着它。在经典的再现中，可见的仅仅是体系的第一部分，而这系统总是包含了一个不可见的第二部分（'反镜头'）。"参阅丹尼尔·达杨的《经典电影的指导符码》，译文见《当代电影》1987 年第 4 期，第 15—24 页。
3　热拉尔·热奈特:《叙事话语 新叙事话语》，王文融译，北京：中国社会科学出版社，1990 年 11 月第 1 版，第 129—133 页。
4　大卫·波德维尔:《电影诗学》，张锦译，桂林：广西师范大学出版社，2010 年

8月第1版,第117页。
5 雅·奥蒙:《视点》,肖模译,载《世界电影》,1992年第3期,第7页。
6 陈平原:《中国小说叙事模式的转变》,北京:北京大学出版社,2010年9月第1版。

⑤ → 时间

⑤ → 时间

⑤ → 时间

对于电影而言，时间总是至关重要的。安德烈·巴赞在研究"摄影影像的本体论"时，指出摄影"这种宗教迎合了人类心理的基本要求：与时间相抗衡"[1]。人类"降伏时间的渴望"是难以抑制的，正是这种渴望促使造型艺术的发展。巴赞是这样给"摄影"下论断的："摄影……只是给时间涂上香料，使时间免于自身的腐朽。"[2]巴赞谈的是摄影，显然也指涉电影。在巴赞那里，降伏时间的渴望成为电影产生及发展的原动力。法国电影理论学家马赛尔·马尔丹对时间的重要性有他的看法，马尔丹指出："我们完全可以设想一部只是纯粹延续时间的影片，即一部自始至终画面都是空白的影片。"但没有时间的电影是难以想象的，因此，马尔丹断然说道："电影首先是一种时间的艺术。"[3]

✏ 故事时代语境

在剧本中，剧本设计者对时间的安排不仅仅是从故事时间到叙事时间的转化，故事的发生时间及年代选择也成为剧本重要的戏剧性前提，并将对人物和故事产生巨大的影响。

时势造"故事":陌生化与怀旧

特殊年代赋予故事独特的人物、戏剧冲突和背景,时代拉开的巨大鸿沟不仅能使电影呈现的内容陌生化,时代的奇观对观众也有着天然的吸引力。史前的狩猎时代、繁华的古朝代及灯火迷离的老上海等时代背景都有极大的叙事上的表现潜力,《夜宴》(2006)、《满城尽带黄金甲》(2006)及《赵氏孤儿》(2010)等将故事聚焦于古代统治阶级之间的矛盾;《智取威虎山》(2014)、《铁道飞虎》(2016)在新技术的包装之下对革命历史故事进行重现;《风声》(2009)用谜题电影中的"暴风雪山庄"模式来刺激观众的肾上腺素分泌。这些电影都是在陌生且具时空距离的语境下展开的猎奇性的故事。人们常说时势造英雄,剧本设计者对故事时代的选择也会造就一部电影的独特面貌。

电影《风声》

在一定的年代背景下，一些电影呈现出"怀旧"倾向，电影中弥漫着对过去时光的怀念和对当下现实的焦虑或批判。故事的年代选择往往寄托了剧本设计者的情怀。就大陆电影而言，20世纪上半叶的民国（1911—1949）、20世纪下半叶的"文革"（1966—1976）是众多电影"怀旧"的共同指向，在《摇啊摇，摇到外婆桥》（1995）、《风月》（1996）、《紫蝴蝶》（2003）、《茉莉花开》（2004）、《长恨歌》（2005）、《一步之遥》（2014）及《罗曼蒂克消亡史》（2016）这些电影中，民国呈现着现代与封建、西方与东方、革命历史与殖民抗争的多层冲突。"文革"时期结束后中国文艺界的"伤痕"及"寻根"思潮则促生了"第四代"及"第五代"的反思以及怀旧叙事，《天云山传奇》（1980）、《牧马人》（1982）、《阳光灿烂的日子》、《我的父亲母亲》（1999）、《孔雀》（2005）、《山楂树之恋》（2010）、《归来》（2014）、《芳华》（2017）等电影都涉及"文革"时期的事件背景和对过往时光中人性光辉的歌颂。

近几年中国电影市场也涌现了非常多缅怀青春的怀旧电影，电影聚焦于主角曾经的青春时光，极大地淡化时代政治背景，《致我们终将逝去的青春》、《中国合伙人》（2013）、《匆匆那年》（2014）、《重返20岁》（2015）、《万物生长》（2015）这样的电影中，由于历史仅仅作为背景，并简化为各种符号陈设，专注于缅怀个体逝去的青春，而对特定年代背景极少进行深层的挖掘。时代背景真的成为舞台式的背景，他们只提供故事发生的时代，殊少参与到叙事与抒情中来。

每个剧本设计者都要自问：自己是否对某个时代——无论是亲身经历过还是完全存在于想象之中的，无论是政治的还是完全个人的——存在着强烈的表述欲望？只有这样，剧本设计者才能为自己的故事找到合适的时代，或者说在一个合适的时代里挖掘出自己的故事。

年代鸿沟的跨越：认同与影射

福柯曾表示重要的不是神话讲述的年代，而是讲述神话的年代。历史故事总是会传达着当下的价值观。所有的历史／年代故事都是借古喻今的，因为制造与观赏都是通过当代人的大脑，不可否认，好的故事既植根于某个时代，又可以穿透时间，这才是剧本设计者要精心打造的。

正因为时代的差异意味着人物价值观的差异，所以在一些历史故事的呈现中，剧本设计者需要解决的首要问题是如何将逝去年代的价值观呈现给当代的观众。

陈凯歌的电影《赵氏孤儿》改编自同名元杂剧：春秋时期，将军赵硕遭权臣屠岸贾陷害，赵家惨遭灭门，民间医生程婴卷入这桩灭门惨案，程婴受赵硕夫人庄姬所托，要将赵家仅存的孩子带给公孙杵臼，然而阴差阳错之下，程婴把自己的孩子变成赵氏孤儿的"替罪羊"，替赵氏孤儿而死。在元杂剧《赵氏孤儿》中，程婴是主动将自己的孩子与赵家孩子替换完成的义举，而非阴差阳错，此处是电影改编时的重要修改：将程婴的换子行为由主动改为被动，程婴不再是那个杀子取义的大义之士，而变成一位卷入历史洪流中的普通人。这样的处理逻辑是非常明显的，电影《赵氏孤儿》希望程婴更具现代的

"人性化",是能够被当代观众理解的人,而非抱守"孝悌忠信礼义廉耻"八德的封建义士。恰恰是这种改动,让电影《赵氏孤儿》脱离了历史的轨迹,成了"讲述神话的年代"影像的有力佐证。

对比《哪吒之魔童降世》(2019)与《哪吒闹海》(1979)的人物设定,我们发现1979年版反抗父亲及龙王的哪吒,在2019年已成了一位"我命由我不由天"的叛逆少年,龙王与父亲也不是什么反派角色,甚至在1979年版中被剥皮打死的龙子敖丙都与哪吒成了不打不成交的好友。幻想的神仙世界也欢乐和谐,唯一算得上反派的申公豹也被小丑化,而1979年版所浓墨描绘的社会、阶级矛盾及解决矛盾的暴力手段,全被简化为一个叛逆少年为了对抗命运不公,在家庭及朋友的帮助下自我拯救的故事。2019年的哪吒完全按照坎贝尔的神话学经典《千面英雄》完成了"英雄之旅":启程、启蒙、考验及归来,这也是《黑客帝国》尼奥的成长之路。中国的动画电影《哪吒之魔童降世》成为相当标准的好莱坞式商业电影:回归家庭的合家欢,英雄拯救世界与自我拯救。1979年的阶级批判现实主义被2019年合家欢式温情主义替代。

在一些电影中,故事内核会与时代语境构成一种奇异的错位之感。王家卫素以描写都市男女的情感故事著称,在《东邪西毒》中,王氏情感故事被放置到金庸笔下的江湖儿女之中,通过欧阳锋串联起多位人物,由欧阳锋的主情节发展出多个次情节,江湖中的杀戮与复仇成了故事的后景,孤独、无能为力的爱情、害怕受伤的心灵这些王家卫电影中重复出现的当代人物状态与情感行为动机再次在远离都市的古代江湖大漠中复活,人物从金庸小说中重情节、强调外部冲突的故事，进入到王家卫重心理、强调内心冲突的故事之中，从而形成了奇妙的错位感。比较同年《重庆森林》里面的人物与情感，我们会感慨这两部电影的人物状态与情感模式完全趋同，唯一的差别就是剧中人物所处的年代。甚至到了 2013 年的《一代宗师》，这些民国武林人物仍然在演绎着《东邪西毒》及《重庆森林》的孤独与悲伤，年代沦为故事的时间标签，更迭变换地贴在王氏那瓶永不会过期的凤梨罐头上。

电影可以存在于具体且可考证的时代中，也可以存在于一个完全虚构的时间之中，故事时间与现实的远离可以给剧本设计者更多的自由，如时间架空的动画电影《大护法》（2017）在反乌托邦题材上大胆创新，在当下创作环境下做出了突破。剧本设计者选择虚构的江湖、架空的时空或未来的科幻来避开与现实的重合，寻找讲述的自由。这充分印证了福柯的名言：重要的不是神话讲述的年代，而是讲述神话的年代。

从故事时间到叙事时间

一部电影的叙事时间长度一般是 120 分钟左右，很少有虚构电影的故事时间完全等同于叙事时间。大量的电影故事发生的时间远远超过 120 分钟，但剧本设计者必须把这远超 120 分钟的故事，浓缩在 120 分钟的叙事中。

叙事时间同时又是单向的，电影叙事只能从第 1 分钟至第 120 分钟。但现实中的故事时间可能是多维、多角度的，故事中的每个角色各自都有一条单独的时间线,故事中常会有好几条时间线并行。比如莎剧《罗密欧与朱丽叶》中,罗密欧有自己的时间线,朱丽叶也有自己的时间线。叙事的目的就是把这些可能并行的故事时间变成前后有序的叙事时间,这就需要剧本设计者对故事时间进行选择、畸变及排序。

时间的选择

中国传统说书人的口头禅是"有话则长无话则短",剧本设计应该遵循同等的逻辑。电影是选择的艺术,需要把最具表现力的瞬间挑选出来。一部 120 分钟的电影要让观众一直保持注意力,每一秒钟都不能是空洞无趣的。观众被关闭在一个黑暗的屋子里,固定在座椅上,死盯着银幕 120 分钟。剧本设计者对电影每一秒钟的设计都必须是精选的瞬间,他写的每一个字也都应该是字斟句酌式的。

选择跟电影的类型及样式有关。比如说设计一个爱情故事,要选择他们的相遇、发展、波折、结局,而不是选择跟他们没有任何冲突的那些段落。当然也可以选择冲突性不强或者没有冲突性的事件,这完全是根据电影的类型、创作者的喜好来决定的。

选择产生风格

选择会产生风格,不同剧本设计者对故事的事件及细节会有不同的取舍。对比国产电影《嘉年华》(2017)和韩国影片《熔炉》(2011),可以看出不同国家的同一题材电影却有着截然不同的故事形态。

中国电影《嘉年华》和韩国电影《熔炉》都是儿童性侵题材的故事，但两部电影呈现的事件却有着极大的差异，两部电影的剧本设计者对事件／时间的选择存在着根本性的策略差异。《熔炉》讲述了一位首尔的手语美术老师来到雾津任教，发现学校有性侵虐待儿童的现象，并与学校黑暗势力抗争的故事。《嘉年华》讲述了小女孩小文被商会会长性侵，商会会长与当地势力勾结导致小文的起诉遭遇重重阻碍，作为唯一目击者的旅店服务员小米，本来沉默，甚至想拿证据牟利，最终决定交出证据。

底层儿童及其守卫者与权势人物的抗争是两部电影的共同主题，然而具体的事件／时间选择却存在极大差异。《熔炉》完整地呈现发现性侵、抗争、抗争结果的整个过程，对暴力的呈现、对反面角色的刻画十分有力，牢牢控制着观众的情绪，如校长越过厕所隔层露出的恐怖大脸，有如一部惊悚片，而对正面人物的展现也充满着英雄感与抒情性（片尾男主角姜仁浩在雨中的哭喊），对民众强烈反应的刻画都在侧面表述着这场"战争"的正义与悲壮，整部电影竭尽所能地砭恶扬善，极具感染力。

《嘉年华》的呈现则省略了大量的故事时间，进行了大幅度断叙，片中不表的内容有：性侵暴力场景、性侵事件的社会反应、故事的最终解决。观众仅仅通过片中人物的只言片语得知了这是一场引起轰动的案件。电影刻意规避的内容有着相同的特征——是故事中最具感染力的时间点（民众的反应、暴力呈现、结尾的胜利时刻）。与之相对应的是人物呈现上的差异，《嘉年华》中的始作俑者、性侵者商会会长的面孔始终隐藏在故事之外，连面目都是模糊的，更别谈像《熔

电影《嘉年华》女主角小文被母亲剪掉长发

电影《熔炉》

炉》一般将反面形象戏剧性地刻画。而在小文一方，小文的母亲有着抗争意愿，同时兼有失意生活带来的神经质倾向（打骂小文）和混乱价值观（认为小文被性侵跟小文"不检点"有关系，这个论调实际上也是小文母亲的处境）；小文的父亲则是一个彻底的底层人物，他有着抗争意愿，但是没有抗争能力；目睹小文被性侵、掌握着证据的小米一开始想明哲保身，随后向小文律师贩售信息，最后想用证据敲诈商会会长牟利，直到遭到商会会长的毒打，这才将证据交给小文的律师。唯一具有行动力的正面形象是小文的律师。

《熔炉》的剧本设计者对一场卷席韩国社会的公共事件"风暴"进行戏剧性的刻画，而《嘉年华》的剧本设计者却将笔触完全聚焦于风暴的中心——丝毫不描述外界的反应，故事的戏剧性及社会性都被大大降低了；《熔炉》对韩国社会大声疾呼，《嘉年华》始终没有发出声音；《嘉年华》将冲突转化为多样化的——不是单一的强戏剧性的正邪冲突，而是存在在中国底层社会的多重权利冲突与价值观冲突，当然是始终围绕着女性的；《熔炉》痛得彻底，呼喊得悲壮，而《嘉年华》并不聚焦抗争批判，强调的是混乱、麻木、无力的灰色地带。

同样的题材在不同价值观的创作者手里会产生不同的电影。关于抗日战争中南京失陷的影片有很多，如《南京！南京！》、《拉贝日记》（*John Rabe*，2009）、《金陵十三钗》（2011），还有吴子牛拍摄的《南京大屠杀》（1995），不同代际甚至国别的导演对南京大屠杀选择的事件肯定是不一样的。《南京！南京！》中对日本侵略者底层士兵的展现，《拉贝日记》对德国商人拉贝的人道主义颂扬，《金陵十三钗》对妓女义行的褒彰和《南京大屠杀》对中日结合的家庭遭遇的关注，四部电影有着完全不同的视角,所以也就构成了它们完全迥异的对南京失陷的时间及事件的选择,最终导致了影片的不同风格。

选择的标准是最具表现力瞬间

"瞬间"是法国著名摄影家亨利·卡蒂埃-布列松(Henri Cartier-Bresson)关于摄影的一个词("决定性瞬间",the decisive moment),他把1954年的作品集就命名为《决定性瞬间》。在这部作品集的卷首,他写道:"世界上没有事情没有其决定性的一瞬间。"布列松认为,事件的大多数瞬间是平庸的,并无被记录和表现的意义,但是高潮一定会在某个瞬间突然降临,摄影家要捕捉的就是这个充满意义的决定性瞬间。同样,对剧本设计者来说,最重要的也是去寻找事件中最具表现力的决定性瞬间。

剧本设计者不妨先从生活中去回忆一个个发生过的瞬间,训练自己捕捉其中最具表现力的决定性瞬间。事件是由一个个生活的细节组成的,需要剧本设计者从生活中去感受。从《熔炉》和《嘉年华》的叙事对比中可以看到,不同的故事讲述者认为的最具表现力的瞬间是很不相同的。

电影《色,戒》和《钢琴家》中,叙述的连续性经常被断开。真实故事时间被大量省略,留在叙事中的大多数是讲述者以为的重要的瞬间。电影就是由一个个表现力的瞬间构成和联结的。电影是由瞬间产生的流动幻觉,这就是电影的本质。剧本的分场就是一个拆解电影的过程。上下画面之间一定要产生某种对比的联想。

叙事时间的挑选对一个故事有着决定性的影响,时间的选取会产生不同的故事。因为叙事时间是可以选择及取舍的，所以可以引申出更形而上的含义——电影不再是现实的反映。剧本设计者设计的剧本要让观众感受到真实，但是电影"来自现实、高于现实"这种说法是一个伪命题。任何一个剧本，事实上都是因为剧本设计者对生活有了丰富的感悟之后创造出来的，是心灵和思维的反映。认同这种观念有利于剧本设计者在面对故事现实时间时，大胆选择及省略，他应该用能想到的任何方式建构电影的叙事时间。

选择故事时间的唯一标准就是选取最具表现力的瞬间。

时序：对叙事时间的前后顺序进行安排

设计剧本时最重要的一项工作就是把故事时间安排为影片中体现出来的叙事时间。事件在故事中的时间顺序是多维、线性、不可逆的，而叙事时间在电影中是单向、线性、不可逆的。故事中事件的发生总是多维和共时的，但叙事却沿着物理时间线性流淌，叙述者只能一个事件接一个事件地往下讲述。如何把多维共时性的事件以前后有序、历时发展的方式叙述出来，是对所有剧本设计者的一次考验。

连续的故事时间是最易理解的，因为与观众的日常经验最相符，线性时间让观众对现在、过去、将来的整个逻辑链条有着最直观、明确的判断："对于故事顺序的传统操纵方法包含了观者方面的特殊活动。这些活动牵涉了心理学家称之为'时间整合'的东西，即将对于现时的知觉、对于过去的回忆和对于未来的期待融为一体的过程。"[4]

在故事里头，比如说《罗密欧与朱丽叶》，罗密欧家族与朱丽叶家族两个空间的事件是可以同时发生的,可是在叙事里头,叙事者可能让两处场景交替出现,以暗示两者在故事时间上的并行关系,这便是叙事时间对故事时间的转译。在这个时间转化过程中,故事时间的倒置、交错非常常见,剧本设计者要把选择出来的时间段落安排在一条时间线上面。简单来讲就是已经选择了一对恋人的相遇、发展、结局,是否就按原来故事应该有的顺序来叙述?还是将结局先呈现给观众?如果以1、2、3、4代指故事时间顺序的四个事件,在叙事里可以从2开始讲,也可以从4开始讲,这是剧本设计者拥有的最让人羡慕的权力。

时间顺序是很有趣地创造作品的一个方式,它可以牢牢把控着故事的信息传递,或隐藏信息,或提前暴露信息,引导观众进行故事拼图游戏,让观众的眼睛永远不离开银幕。剧本设计者安排时间的能力决定了讲故事的技巧高低。事件本身没有生命,时间是自然流逝的,是讲故事的人赋予时间生命,让故事鲜活起来。

顺　叙

顺叙指事件在叙事时间中的前后顺序与它在故事时间中的顺序一致。顺叙是从文学沿袭过来的常规的表达方式,也是人类说故事最普遍的一种方式,如编年体史书《左传》,就是明显的顺叙。顺着故事时间的前后从第1分钟到第120分钟叙述,这是大多数商业电影采取的叙事方式,这样的方式不需要观众付出太多理解力,因为人们看一个故事或听一个故事都习惯于从头开始,开端、发展、高潮及结尾,顺着事件的因果逻辑往前推进。这种方法对剧本设计者来说要点分明，当叙事时间与故事时间前后顺序一致时，观众能够清晰地理解故事正在进行时自己所身处的时空。

主流商业电影对电影连续时间的塑造，需要观众这种清晰的心理时空位置。一部电影往往由多个叙事单元构成，同时这些叙事单元又涉及大量的时间省略、叙事信息的隐藏与揭露，这些叙事单位的连接要保证观众能够完全理解故事并且不出戏。比如一个案件发生后一个侦探去破案——《七宗罪》（*Se7en*，1995），或者是《沉默的羔羊》，都是采用顺叙，因为顺叙的叙事方式实际上迎合了人类对任何事件进行溯本探源的强大好奇心。

一些电影则在电影前段伪造"顺序"的假象，最后再揭露出真正的时间顺序。在宁浩的《心花路放》中，刚刚经历情感危机的耿浩与好兄弟郝义要展开一段目的地为大理的"猎艳"旅程，与此同时，文艺女青年康小雨也从烦扰的都市生活中逃离，走向大理。在观众的期待下，两条情节线在电影高潮处交汇，男主角耿浩与女主角康小雨在旅馆会合并要成就一段缘分时，电影却揭露出两人的这场会面实际上发生在耿浩开启这段大理之旅之前，耿浩来到旅馆，看到的却只有空荡的旅馆和墙壁上两人曾经留下的爱情证明——墙上的两人签名。故事中，康小雨的情节线发生在过去的时空，然而在电影前半段，两条情节线的平行并置伪造了康小雨情节线是"现在时态"的假象，最终为电影高潮的转折提供了情感上的铺垫，使观众从情感满足跌入情感幻灭，这是电影操纵时间、把玩叙事结构的结果。美剧《西部世界》第一季（*Westworld*，Season 1，2016）也使用了这一手法，电影中初入"西部世界"的威廉和反派"黑衣人"是不同时空的同一人物，不同时间的情节线在故事讲述中并置，两个人物围绕着女主角多萝西，看似是全然的对手关系，最终观众发现故事中势不两立的两人是一个人的青年与中年，由此产生了巨大的戏剧张力。

两种时间倒错——倒叙与闪回

顺叙是主观的，但故事时间与叙事时间方向一致，是按现实的时空方向铺陈，是隐藏其设计感的，希望观众感觉到的时间是自然流淌。而时间倒错的主观性更强，剧本设计者有着更大的自由。时间倒错有两种惯用的手法：一个是倒叙，一个是闪回。闪回是电影专有的艺术手段，而倒叙则来源于文学。

早期西方叙事史诗中就有了倒叙法。如《奥德赛》的叙述就是从特洛伊战争爆发二十年后开始的，在叙述的过程中再回溯前史。维吉尔的《伊尼特》也是用伊尼特在一次宴会上回顾他在国外七年的生涯开始的。倒叙在概念上非常易懂——先讲结尾。在电影《霸王别姬》中，先拍"文革"的若干年后，两人在空荡荡的舞台上，再引出回忆——从头开始叙述他们的纠缠人生；电影《情人》的开头，一个作家在回忆她在西贡的一段往事。当电影存在着一个叙述人的时候，这种倒叙的手法常常被使用，有一个"我"在回忆，先叙述结尾，再从头开始叙述，一如《阳光灿烂的日子》。

值得注意的是，从倒叙的实际操作来看，人物视点带出倒叙或者闪回并不需要完全将讲述限于人物目力所及范围内："好莱坞把闪回看作是为造成悬念或惊诧对叙事进行说服性'处理'。经典的闪回也无须尊重第一人称叙事的文学程式。有些展示得比较长的闪回往往包括了进行回忆的角色不可能目击或了解的情况。角色的回忆仅仅成为时间转换的又方便又直接的促动因素;一旦完成了这一转换,便不再用持续的暗示提醒我们仍处于某一角色的思绪中间……所有这一切技法都说明主观性是闪回的一个专横的借口。"[5]

倒叙是叙述者先叙述故事的结果或其他关键情节之后,反过来再叙述故事的原因或始末的叙述方式。相对于倒叙,闪回在时间的延续上则显得更短暂,出现得也更突兀,更加内心化,闪回一般与人物视点相对应。倒叙进入回忆,而闪回不仅能直接展示过去时空,更重要的是能进入人物内心。

心理化的闪回用心理逻辑取代了因果逻辑,直觉、情感替代了因果,从叙事学的角度来说,如果要追踪这个概念,就要追踪到现代小说的起源:为什么会有这样一个进入内心的方式。叙事学的一些研究者认为,文学发展到普鲁斯特《追忆似水年华》时就开始进入叙事的内心层面,从那时起,叙事作品便可以不依靠现实中的逻辑来叙事,而是根据意识、情绪来表达。

热奈特在《叙事话语 新叙事话语》一书中指出,像巴尔扎克等传统作家喜欢用"这就是为什么"式的衔接来提醒读者作者刚才是在倒叙,以免读者在接受时陷入糊涂之中,但在普鲁斯特这样的现代作家那里则不然。热奈特指出,普鲁斯特有意回避衔接,故意不向读者提醒倒叙的开始与结束,而是凭着作者自己的爱好随时进行时空旅行,故意引起读者的时间混乱。现代小说在这里便诞生了。

现代小说的诞生不仅使这种随意性的时间处理成为风格,更关键的是它们对电影叙述手法的影响。20世纪50年代的法国"新浪潮"

电影开始广泛借鉴小说中随意进行时空切换的叙述手法,"闪回"作为一种有意识的叙述手法被大大地发展起来。最具有代表性的影片是《广岛之恋》(*Hiroshima mon amour*, 1959),这部实验性影片在时空处理上的贡献是巨大的。在影片中,镜头随着叙述者的意愿摇摆于战前与战后,法国与日本,而且这种摇摆经常是短暂的,没有任何暗示,即回避衔接。而在《去年在马里昂巴德》中,阿仑·雷乃则进行着时间的游戏,时间成为影片直接和唯一的关注和描述对象。

闪回自法国新浪潮之后被丰富运用及接受起来。当然大多数电影为了避免观众的混乱,会回避叙事时间的复杂化,比如《记忆碎片》这样的电影因为叙事形式的复杂性断绝了跟一部分观众沟通的可能。倒叙的方式将结果和关键性情节置前,但是在绝大多数电影时间中,叙事时间依旧是完整的线性方式。线性叙事中,叙事时间与故事时间趋于一致,如果要拍一个能跟尽可能多的观众有效沟通的电影的话,在时间的安排上就不能过于追求与众不同,大多数观众默认的故事模式便是事件从头到尾地往下进行的。如果剧本设计者过于违反这个约定俗成的习惯,观众会觉得不可接受和难以理解。

线性故事中的闪回和倒叙的操作方式实际上都是视点的问题,闪回和倒叙都与人物视角关联,通过对话、旁白讲述开启倒叙时间,或者用人物特写镜头暗示观众即将进入人物的心理空间。时间的变化实际上只是一个表征,深层逻辑是故事中人物的心理或讲述带动观众进入一段故事,这是通过设计一定的视角来完成的。

随着叙述手法和叙述习惯的发展,观众的观影认同也在发展,从最早的电影观众看《火车进站》时被吓跑,到现在完全接受电影的多种叙事手法，甚至闪回和倒叙等其他打破常规的叙述方式现在也在被我们大众接受。20世纪90年代出现的那批在叙事时间和结构上大胆创新的电影，如《低俗小说》《暴雨将至》及《东邪西毒》等，它们所进行的实验性的叙事方式，也慢慢地被运用到主流商业电影中，并导致主流电影叙事手法的突破发展，为观众带来新的观看乐趣。

插　叙

插叙是指叙述者打断中心事件的时间流程，插入对另一事件或场景的叙述，插入的事件或场景和中心事件没有直接的时间和因果的关系。

插叙在影片中有两种目的：交代信息——介绍中心事件的背景材料或者交代中心故事的关键性信息；抒情——拓展影片的含义。

信息性插叙：奇幻类型的电影，如《哈利·波特》系列电影中，常常会出现介绍一个未知世界或者一段尘封往事的插叙。介绍背景材料是插叙最常出现的形式，在一些叙事技巧新奇的电影中，插叙会直接给出电影中心事件的重要信息。

在电影《猎凶风河谷》（*Wind River*，2017）中，FBI探员珍来到钻井队调查凶案时，电影通过画面与动作的连贯性剪辑直接引入一段插叙，将凶案真相呈现给观众。于是观众可以得知珍所在的地方正是凶案第一现场，而钻井队工人是凶手，珍已经陷入危险之中，电影用插叙引出关键性信息，并同时暗示了人物在现实时空的危机与困境。

《猎凶风河谷》的插叙打断了时空的连贯，广义上的插叙可以理解为打断叙事中心事件的流程。不过，一些电影中出现的插叙尽管时空依旧是连贯的，也依附于中心事件，然而这些叙事单元的插入并非为了故事的情节，而是有超乎情节之外的意义，这种插叙可以被称为"意指性插叙"。在中国电影中，这种为了拓展影片意识形态的插叙相当普遍。

意指性插叙：中国电影一个很有趣的现象是，在"第五代"及"第五代"之前，几乎所有中国电影都有抒情性插叙部分。在中国电影创作传统中，插入歌曲段落是非常常见的，如《一江春水向东流》《小城之春》等，《小城之春》里面竟然还有一段现代 MV 式的插曲设计。

"第五代"导演在早期影片中大量呈现中国的民俗与仪式，这些类插曲的仪式段落恰恰反映出"第五代"继承了早期中国电影的精髓。在"第五代"电影里，意指性叙事不仅仅是插曲，还有"第五代"特有的插叙：仪式化段落。经典的第五代电影中的仪式有《黄土地》（1985）的腰鼓、求雨，《红高粱》的颠轿、祭酒等。

这种插叙形式让人联想到京剧的"唱念作打"里的"唱"和"打"。传统中国戏曲中，故事进行到某处，人物就开唱或开打，唱的内容有时候是抒发内心的感情，有时候推进事件，这些都是插入式的叙事。戏曲中的"打"也是一种展示，"打"不仅仅是为了推进剧情，同时也是一种仪式化、舞蹈化的视觉呈现。中国功夫片很好地继承了"打"的抒情性功能，这包括成龙的电影及李安的《卧虎藏龙》。

在美国歌舞片类型中，歌舞段落的插叙使用惯例因为类型的稳定发展而更加系统和完备，如经典电影时期的《一个美国人在巴黎》

（*An American in Paris*，1951）、《雨中曲》（*Singin' in the Rain*，1952），在类型上颇具创新性的《爵士春秋》（*All That Jazz*，1979）、《黑暗中的舞者》（*Dancer in the Dark*，2000），以及近几年的《悲惨世界》（*Les Misérables*，2012）、《爱乐之城》（*La La Land*，2016）等。

在歌舞场景中，歌舞段落常常因其强烈的形式感与叙事段落形成反差，一些剧本设计者在创作歌舞插叙段落中将形式感更加强化，形成超现实的心理空间。在一些现实题材电影中，超现实段落也大量存在着，如《猜火车》（*Trainspotting*，1996）男主角马克钻进马桶捞迷幻药那一段，就是电影从现实转向非现实的接点。这些意指性插叙段落再次批判了电影是现实生活的反映的观点。电影只是某些人脑海中的一个展现，剧本设计者要做的工作是将这些心理想象具象化。

时距：叙事的速度与节奏

时距是热奈特研究叙事时间所提出的另一个重要概念，它"探讨的是事件或故事段的可变时距与在叙事中叙述它们的伪时距之间的关系。换句话说，就是事件或故事实际延续的时间和叙述它们的文本的长度之间的关系，即速度关系"[6]。

一言以蔽之，时距便是故事时间与叙事时间的比例关系问题。时序探讨的是时间的前后关系，时距的重点是叙述者在具体叙述时，到底花费了多少时间在它所叙之事上。热奈特在对比故事时间和叙事时间时，列出这样的一个公式：

停顿：$TR=n$，$TH=0$，故：$TR \infty > TH$

场景:TR=TH

概要:TR＜TH

省略:TR=0，TH=n，故:TR＜∞ TH

在这里，TH 指故事时间，TR 指叙事时间。热奈特在研究普鲁斯特的作品时，主要从这四个方面（指停顿、场景、概要、省略）来探讨时距。但我们应该注意的是，热奈特的叙事时间研究针对的是文学，文学中的时间与电影中的时间是不同的。热奈特在论及文学中的叙事时间时总称它们为"伪时间"或"约定时间"，但电影的叙事时间在某种意义上是"真实存在"的，它像故事时间一样流淌着，而且经常可以用物理刻度表现出来，而文学中的时间只能存在于想象之中。由于电影中叙事时间的这种"真实性"，使得我们更容易对比电影的故事时间和叙事时间。

在电影中，我们把时距分成三种：一个是膨胀，一个是省略，一个是复原。用类似热奈特的公式来表达是这样的：

时间的膨胀:TR＞TH

时间的省略:TR＜TH

时间的复原:TR=TH

剧本设计者需要在 120 分钟里讲述一个故事，120 分钟可以讲一个在 10 分钟里发生的事件，也可以严格计时，就讲 120 分钟的事件，如美国西部片《正午》（*High Noon*，1952）就是严格地按照真实故事时间的进程来拍的，更经常的一种情况是叙事时间远远小于故事时间，如电影《赤壁》上下两部（2008，2009）花了 4 个小时，从长坂坡之战开始到赤壁之战结束，讲述了三国时的赤壁大战，或者用 120 分钟讲一个人物的一生，如《卡波特》（*Capote*，2005）、《了不起的盖茨比》。

时间膨胀

事件在故事中都占有一定的时间长度，一旦叙述者为了特殊目的，在叙事中故意延长对事件叙述的长度，或是说，事件在影片中的叙事时间超过故事时间，时间便被膨胀了。

在中国传统叙事体如小说、戏曲、评书中，故事一旦到了紧要处，叙述者经常不惜笔墨，大肆渲染，把细节发挥得淋漓尽致。论者指出："越剧《碧玉簪·三盖衣》一场，将李秀英三次盖衣的细节，大肆渲染，唱了又做，做了又唱，真可谓到了'密不插针'的地步。"[7] 叙事时间在这些地方被大大地扩张。在电影中，叙事时间的扩张除了增加细节外，经常在叙述过程中就进行，也就是说叙述本身被有意识地延长了，如慢动作镜头。

爱情电影、惊悚电影、动作电影中常常会通过叙事手法将特定时间中的情绪放大，观众会感受到时间的延长。时间的延宕会造成情绪张力，爱情中的暧昧情愫、恐怖和惊悚电影中的恐怖氛围及动作电影中的惊险动作都在充分的时间展示中刺激着观众的神经，比如吴宇森电影中的慢动作呈现、《一代宗师》中叶问与宫二过招、德帕尔马导演的《剃刀边缘》（*Dressed to Kill*，1980）中的电梯杀人场景都在此列。

在这些电影中，为做到关键时间的充分延宕，利用了多种重要的叙事技巧：用含有多重细节的场面刻画来扩充画面中的信息量；多人物的反应刻画也是一个重要方式，电影通过描写危机来临之前的多方反应来延长危机来临的时间，增加紧张感；人物心理时空的呈现也是延长时间、放大情绪的手段，在很多浪漫爱情电影中，爱幻想的女主角总是会对男主角产生爱情幻想，并通过画面加以呈现，歌舞电影中的超现实歌舞场面也在此列。

以上是电影时间膨胀的一些微观技巧，作用于故事中的具体场景，而一些电影在宏观的电影结构、整体叙事策略的制定上也会直接导致时间的膨胀，比如同一中心事件的多视角呈现，《消失的爱人》《大象》《心迷宫》《小姐》等电影都在此列。

设计剧本的时候，可能用更长的时间表达一个更短的事情，或者用更短的时间表达一个更长的事情，这表明膨胀跟省略是两个极端。对决定性瞬间的反复渲染应该成为剧本设计者的本能。

时间省略

剧本设计者在叙事上把故事时间转化为叙事时间时，由于故事时间的无限性和多线性，剧本设计者显然不能原封不动地保存故事时间的流程，必定有所省略。省略是一个很高级的艺术手段，马赛尔·马尔丹在《电影语言》一书中专门拿一章来阐述省略，他认为电影首先是省略的艺术。

美国电影学者大卫·波德维尔在研究经典好莱坞电影时指出，在场景与场景之间的时间过渡上，即时间省略手法上，好莱坞所采取的手法有一个发展的过程："从1917年到1921年，淡出淡入，圈出圈入属于场景之间最常见的光学手段……到了有声电影时期,'淡'和'化'属于最常见的时间省略符号。1932年到1941年间,'划'时兴了一阵。"[8]同时他指出,自20世纪50年代始,"切"开始成为主要的场景过渡手段了。无论"淡出""淡入"也好,"切"也好,它们都是以光学技法来暗示时间地点的变化,进行时间上的省略,是具有世界性的手法。

多数电影的故事时间是远远大于叙事时间的,这些故事的呈现需要剧本在长跨度的故事时间中挑选重要的情节点,大量的故事时间被省略,同时剧本会用蒙太奇片段对一段较长的故事时间进行提炼和概述。比如美国电影《洛丽塔》(*Lolita*,1997)的序幕即是用一个段落的十几个镜头,浓缩描写了大学教授韩拨年幼时与初恋女友相识相恋及女友去世的整体过程。这种表现手法既是概述,又是省略,既节省了叙事时间,又把故事最具表现力的瞬间表现出来,是一种经济且常用的电影手法。剧本设计者在采用省略这种手法时,必定也会参考决定性瞬间的定义。一般来说,省略是省去枝蔓,只表现事件的决定性瞬间。

时间复原

时间的膨胀与省略是时间畸变的两个极端,在影片中,必定也存在着故事时间等同于叙事时间的情况。叙述者在叙事时,叙述时间的长度与故事时间的长度完全一致。在谈到时间在电影中如何被尊重时,人们的第一个反应往往是长镜头。安德烈·巴赞盛赞《北方的纳努克》的理由是:"在拍摄纳努克追捕海豹时,弗拉哈迪认为最重要的是表现纳努克与海豹之间的关系,是伺机等待的实际时间。"[9]蒙太奇暗示这个时间,但长镜头复原这个时间真实,在这里故事时间完全等同于叙事时间。

剧本设计者在一个场景里容易按事情的进程全方位地叙述一个事件,但是在一个段落或整部电影中,经常要采用概述及省略。有些电影场景单一,故事进行的空间背景也集中,时空的集中为电影的"时间复刻"提供了很大的便利,希区柯克的《夺魂索》、西德尼·吕美特的《十二怒汉》(*12 Angry Men*,1957)、罗曼·波兰斯基的《杀戮》(*Carnage*,2011)等电影便在此列。

这些电影在短暂的故事时间之中呈现了巨大的戏剧张力,高超的叙事技巧严格控制和提示着电影的时间。我们可以看到,以好莱坞叙事形式为代表的经典电影叙事中,电影始终围绕着中心事件衍生情节,每场戏只围绕故事的戏剧焦点,那些会分散观众对中心事件注意力的旁枝情节会被删去。这样的高效率模式让电影便于理解、意义明确,保证了每场戏都吸引观众的注意力——因为每场戏都是电影逻辑链条中承上启下的一环,但这样的模式也消解了故事及人物的"毛边"。这样的电影以呈现中心故事为叙事组织的第一诉求,人物只为故事而存在。在好莱坞商业电影中,电影是设计精巧的意义产生过程,是意识形态的暴力控制工具。

有些电影中,故事的组织并不全然围绕着中心事件,或者说中心事件本身就是被淡化的,电影呈现出众多的生活细节及人物侧面,与高强度的围绕矛盾建置叙事的电影截然相反。我们也可以把这样的电影看作时间上的某种"复原",并不是因为故事时间和叙事时间在高超的叙事技术下形成一致化，而是在电影的情节和时间点挑选上的策略——一些被主流商业叙事认为"无意义"的故事时间被呈现出来了，于是电影作品中呈现出一种缺乏戏剧性"省略"的生活化面貌，这与我们的生活经验是一致的，因为在真实生活中，我们的时间充斥着大量无意义和无中心性的动作、事件。

复原在很多时候是一种电影风格，如小津安二郎、侯孝贤、贾樟柯的电影，这样的电影叙事策略结合长镜头视听语言，形成了某种现实主义倾向的独特风格，它有一个优点：叙事时间对故事时间是忠实的，观众会感觉到真实感的存在，这样的电影观是全然反好莱坞式的，在世界电影史中占据了一席之地。西方现实主义电影理论的奠基人巴赞在其1945年发表的《摄影影像的本体论》中，通过对摄影特性的表述，强调电影的"真实美学"，认为电影应该无限接近现实，但是不可能等同于现实，并认为这与人类自古以来记录现实、抗衡时间流逝的"木乃伊"情结相契合，所以他认为电影最重要的是复原现实，是"现实的渐近线"。

"复原"这个时间处理手段经常被这些小众电影者使用，当然大制片的商业电影为了展示一个空间，也经常采用复原手法，比如《指环王》系列电影有很多镜头是类似复原级的，它希望通过一个复原镜头来展示空间的恢宏，《悲惨世界》从一个特写拉到巴黎全景，全仗着现在电影技术的进步，这种镜头貌似复原，其实是一个更巨大的虚构。

对剧本设计者而言，复原应该上升到形而上层面——电影是对现实的想象的复原，而不仅仅停留在叙事技术层面上。

剧本中要注意的时间设计

电影中的时间提示

常用的提示方式是打时间字幕,在中心故事和人物行动线中断或者时间的大量省略时使用,第二是用色彩,很多电影是用偏色的效果来提示时间的变迁。

文化符号也常常用于时间提示,这种方式的不足之处在于文化符号并不都是全球性的,可能是局限于一定地域和民族之内的。

除去在时间和结构上进行刻意叙事误导的个人化电影外,大多数电影需要观众清晰地了解故事中的时间进展。

日景与夜景

剧本的设计中需要注意电影中日景与夜景的变换。

日景与夜景具备不同的空间气质。相较而言,日景的形象特质较为薄弱,与公共空间、社会空间等元素相联系,夜景则是私人的、内心化的,与邪恶、黑暗等元素联系。《正午》《夺魂索》等电影的时间跨度很短,所以并没有日景和夜景的交替。有些电影则只选取夜景,形成了独特的气质,如卢奇诺·维斯康蒂的《白夜》(*Le notti bianche*,1957)、雷德利·斯科特的《银翼杀手》(*Blade Runner*,1982)。有些电影则选用了大量的日景,如《阳光灿烂的日子》。

时间期限与"最后一分钟营救"

电影中时间压力的典型设置是"最后一分钟营救",这样的叙事技巧在主流商业电影中屡见不鲜。"最后一分钟营救"作用于某个叙事单元的高潮或整部电影的高潮。对主人公施与压力的一种重要方式就是为主人公设定一个时间期限,这个时间期限可以在影片一开始就出现,推动故事的进展。

故事的时间约定和最终期限为整部电影框定一个大概的时间覆盖跨度,形成电影的结构支撑。剧本设计者通常需要事前约定最终时限来营造某种场景,从而产生一种接受美学意义上的期待视野。这样未来的电影观众会被这种刻意设计的期待牢牢地按在电影院座椅上。

无论是最终期限的设定,还是突然发生的"最后一分钟营救",事先的提示是必不可少的环节,观众必须清晰明了角色身上所背负的时间压力和失败成本,正如希区柯克所说的"定时炸弹理论",观众不会因为一开始就爆炸的炸弹而感到惊讶,正在倒计时的炸弹才能让人紧张。

在"倒计时"设置上最为极端的电影之一便是《盗梦空间》,任务的现实截止时间、多重梦境下又有多重时间尺度,形成多重时间倒计时,共同构成了电影高潮的层层推进。在更加简单化的叙事中,倒计时的设置几乎在每一部主流商业电影中都可以看到,如《阳光小美女》(*Little Miss Sunshine*,2006)中的主角们需要在"阳光小美女"选美活动截止之前到达加利福尼亚;在爱情电影《西雅图夜未眠》(*Sleepless in Seattle*,1993)中,两人相约在帝国大厦顶楼见面,而电影高潮伴随着一个另类的"最后一分钟营救"的出现,男女主角需要在楼顶相遇,这样才能促成他们之间的承诺与爱情。

小　结

时间是电影的一大语境。特定的年代可以呈现出特定的人物与故事，也可以通过年代性故事表达现代语境下难言的观点。但是画龙画虎容易，画鬼最难。年代故事需要剧本设计者建造语境的独特性。

剧本设计者要设计一个年代剧本时，比如背景为民国时期的作品，他会发现许多在现代显而易见的事变成了难题：民国人怎么说话呢？民国人在各种不同的关系里相互之间怎么称呼？民国人的吃用住行又是怎样的？跨越时间的故事表现需要剧本设计者做大量的资料调查，并营造出一种彼时彼地之感。

剧本设计者对故事时间选择、排序及时距的处理形成了电影的节奏风格，呈现出审美与价值观，如《低俗小说》中环状叙事、散点叙事等反中心化策略和反讽情节所吐露的暗含其中的存在主义思想与后现代意味。

电影是要成为牢牢把控观众思想的意识形态叙事机器，还是复刻真实生活？电影中的时间是要被组织成滴水不漏的逻辑链条，还是显现出暧昧、多义、充满"毛边"的生活质感？

在绝大部分创作中，时间一定是戏剧性与现实性相互合力的结果，剧本设计者是一部电影的第一推动力，但是如果是高明的作者，剧本中的人物应该拥有自己的生命力，他／她自己能往下走，也就是说，人物自然会产生故事，故事又延伸出故事，剧本设计者作为上帝，赋予它源源不断的生命力。

很难绝对地说一个电影到底是写实的还是虚构的，所有电影都应该是混合体，是对现实的想象式复原。

注　释

1　安德烈·巴赞：《电影是什么》，"摄影影像的本体论"，北京：中国电影出版社，1987年第1版，第6页。
2　同上，第13页。
3　马赛尔·马尔丹：《电影语言》，"时间"，北京：中国电影出版社，1980年第1版，第172—173页。
4　大卫·波德维尔：《经典好莱坞电影中的时间与空间》，陈梅译，载《世界电影》，1988年第6期，第42页。
5　同上。
6　热拉尔·热奈特：《叙事话语　新叙事话语》，王文融译，北京：中国社会科学出版社，1990年11月第1版，第5页。
7　蓝凡：《中西戏剧比较论稿》，上海：学林出版社，1992年第1版，第453页。
8　大卫·波德维尔：《经典好莱坞电影中的时间与空间》，陈梅译，载《世界电影》，1988年6期，第44页。
9　安德烈·巴赞：《电影是什么》，"电影语言的演进"，北京：中国电影出版社，1987年第1版，第67页。

⑥ → 空间

⑥ → 空间

⑥ → 空间

🖊 选择故事发生的空间

故事的背景有两个维度,一个是时间,另一个是空间。本章讨论的空间本是地理学上的概念,是物质实体存在的客观范围。空间置于剧本中,代表着剧本设计者要为故事选择实际发生的现实背景及人物活动场景。电影离不开视觉建构,空间的表现力非常强大。剧本设计者在设计故事时会意识到处理空间不仅是叙事的形式与内容的问题,对于空间的独特处理还可以指向广阔的表意层面。

故事的空间是具有唯一性的,所有的故事都要有现实空间的选择。只有某种刻意选择出来的空间才符合故事的发生条件,或者说能更好地展现出故事的质感。剧本设计者要对空间有一个具体性的描述,但他所拥有的工具只有文字,这注定了不是一件容易完成的事。

大空间(故事发生地)的选择

空间的故事逻辑

在剧本阶段,随着故事的建置,故事发生地的选择需要符合故事的发生逻辑。空间与故事的匹配往往是排他性的——只有特定的空间才会发生特定的故事。

导演贾樟柯善于选择空间,他电影中的人物、情节、抒情等元素与所选择的空间通常是能精准匹配的。这些故事平移到其他空间极有可能便不成立了,比如《小武》的故事及《站台》的故事无法发生在"北上广",这些人物只有游荡在山西那座叫汾阳的小城时,才显得鲜活生动。

中国特色的"县城"空间是贾樟柯电影一贯呈现出的视觉景观。至今贾樟柯的电影创作背景仍围绕着故乡,专注于书写小人物的情感以及故乡的变化。贾樟柯影像不仅着力在故乡空间的形式感上,他的人物也扎根在故乡小镇上。关注人在历史、在现实空间中的位置,是贾樟柯电影的一个显著标志。

研究故事发生的空间,首先是选择故事发生的地域。故事为什么只发生在此地?空间的选择及展现要让观众相信这样的故事必须是这个地点才能发生的。《阳光灿烂的日子》的故事与人物只能发生在"文革"时的北京;《寻枪》只能发生在贵阳这种西南城市。选择与故事相匹配的地域空间是剧本设计者面临的第一道难题。

电影《三峡好人》的开场是长江上一艘普通轮船的船舱,很多男人打着赤膊,人贴着人。镜头平滑地横移,速度既能保持镜头的不停运动,也能让人看清每一位乘客的表情,画面构图紧而有序。

挤满乘客的船舱是一个具有两重层次的空间。首先,它是具象的空间,男人、女人、老人、孩子拥挤在船舱里,打牌、算命、发呆、看段子、吹牛,他们在等待着轮船到岸,之后都去哪里,观众只能猜测。同时,船舱还是抽象化的时代空间,是一艘时代之轮:一群世纪

电影《三峡好人》

之交的中国底层打工者在虚实交织的镜头焦点下,生活忽明忽暗,命运飘摇不定。这是被三峡工程改变的几十万人的生活。

当镜头在这一空间里持续关照这些普通打工者约两分三十秒后,我们才逐渐发现坐在船头的主角——韩三明。他与其他人物明显疏离,凝视着远处的江面。随着他的视点,镜头才切换至轮船行驶在江面上的大远景。在江边群山和城镇的背景下,片名"三峡好人"和英文名"Still Life",应景而生。

王家卫导演的影像风格具有高辨识度,每部电影的空间都是精心挑选的。《重庆森林》中的中国香港,《春光乍泄》(1997)中的阿根廷布宜诺斯艾利斯,《阿飞正传》(1990)里的菲律宾,《蓝莓之夜》(*My Blueberry Nights*,2007)中的美国纽约。细数其作品,不管故事发生在某国度、某城或某室,大小空间都能精准体现都市生活的仪式感。

王家卫的故事大多发生在霓虹都市。"孤岛"一词可用来比喻王家卫式人物的出场写照：《重庆森林》里的王菲是沉溺于幻想、有些神经质的店员，《阿飞正传》里的张国荣在菲律宾寻母（未交代是否寻到），《蓝莓之夜》里的诺拉·琼斯一开场被男友抛弃，《花样年华》（2000）里的梁朝伟、张曼玉扮演的角色在各自的婚姻中没有得到亲密关系（爱人均只是声音出演）。既然人物呈疏离的状态，那么作者应该采用什么样的空间氛围来营造人物的此种状态呢？王家卫电影中的人物所处的环境空间往往非常拥挤，狭窄的小吃店、走廊、家中等，空间上的狭小为人物心理的空间更添一分封闭。

贾樟柯与王家卫都是影片的导演，也是剧本的设计者。很难具体分辨出他们是作为剧本设计者想象出这些空间的，还是以导演的身

电影《重庆森林》的速食餐吧

份对这些空间进行具体的影像表现的。像《布达佩斯大饭店》(*The Grand Budapest Hotel*，2014) 这样的影片，其完美对称的空间设计，完全应该归功于导演，虽然导演韦斯·安德森 (Wes Anderson) 也是这部影片的剧本设计者，但可以肯定的是，在电影的早期剧本设计阶段，剧本设计者肯定对未来故事发生的空间进行了美学设定及具体描写。很难想象出有剧本设计者在不清楚故事发生的大空间背景时，能设计出有趣的人物及可信的情节。

剧本的视觉吸引力

很多时候剧本也需要具备视觉上的吸引力。很多剧本设计者选择造型感强烈的空间，能直接影响到影片最终的视觉呈现。张艺谋的电影超级重视空间选择及设置。空间中的色彩对张艺谋电影的人物塑造起了巨大的作用。他电影中的色彩方式往往给人非常强烈的印象，这种印象可能比他的故事更让人印象深刻。从《红高粱》到《菊豆》(1990) 到《满城尽带黄金甲》，所有的空间元素，如色调、构图及色彩等，都深深地参与了叙事。

一些类型电影对场景更具依赖性，007 的故事套路大家都很熟悉。邦德是一名英国绅士型特工，他需要不断挑战难度升级的特工任务。007 系列差不多经历了半个世纪，经久不衰的故事为观众提供了源源不断的视觉刺激。这一系列电影一直有异国元素的渗透，在全球寻找拍摄地已是惯例。如《007：幽灵党》(*Spectre*，2015) 出现的墨西哥亡灵节，导演门德斯特意向他最喜欢的《007 之你死我活》(*Live and Let Die*，1973) 的创意致敬。把邦德这样传奇性的人物放到全球任何一块地方，他都永远是英雄，不论是早期的 007 系列，还是票房佳作《007：大战皇家赌场》(*Casino Royale*，2006)、《007：大破量子危机》(*Quantum of Solace*，2008)及《007：大破天幕杀机》(*Skyfall*，2013)等，其地理空间的跳跃性更加频繁。《007：大破天幕杀机》的取景地来自土耳其、英国的英格兰和苏格兰、中国的上海和澳门。特工故事总是情节曲折紧张，高密度地域空间的切换更加突出了邦德完成任务的艰巨性，增加了视觉张力。

动作电影《碟中谍》(*Mission: Impossible*)系列以及《速度与激情》(*Fast & Furious*)系列，地域空间的跳转比 007 系列有过之而无不及。在这种类型的片子中，跨国、跨地区的空间跳转频率高，一是因为以展示动作为主的影片，可以突出情节曲折离奇；二是有利于人物塑造。全球性的空间当然要比家门口的空间更适合展现强大的世界英雄。能让成龙在好莱坞赢得声誉的喜剧动作电影，同样需要成龙式动作场面与视觉效果突出的空间相互支撑，所以《红番区》(1997)的故事背景选了纽约。

每位剧本设计者都要寻找自己的幻想之城，寻找一个合适的故事空间就是寻找自己的幻想之城。剧本设计中的空间类似于文学创作中的环境描写。每位设计者都会选择自己熟悉的地域环境和时空背景，搭建自己的视觉奇观。

近年来，《白日焰火》(2014)、《暴雪将至》(2017)等中国犯罪题材作品选择凛冽寒冬的东北小镇为故事空间，在漫漫长夜中，人物进行痛苦的内心挣扎。2017 年的热门美国影片《三块广告牌》(*Three Billboards Outside Ebbing, Missouri*)和《佛罗里达乐园》(*The Florida*

《007：大破天幕杀机》中詹姆斯·邦德（丹尼尔·克雷格饰）站在英国能源与气候变化部大楼顶上。

《碟中谍6：全面瓦解》中的挪威取景地。

Project），分别来源于创作者对密苏里州、佛罗里达州地域性和人物特征的观察和再现。对于剧本设计者来说，不能把大空间选择当作完全是导演的工作，剧本设计者要精心挑选故事发生的地域背景，为故事及人物找到动作的环境依据。

小空间（具体场景）的决定

选择好大背景——地域之后，人物所在的具体场景空间就是剧本设计者要选择的"小空间"。

小空间必须描绘得很清楚。舞台剧剧本会对舞台上的空间、道具、摆设有极其详细的说明，舞台上所有的物件基本上都是有用的，而电影空间里很多道具跟摆设只是为了逼真性和视觉性，很多物件并没有用。要把场景中每一处都描述完，剧本三页纸就被占满了，这在电影剧本中显然是浪费笔墨。希区柯克说，如果墙上挂着一把枪，到最后一定要把它打响，这是他精细的设计概念。电影剧本中精心设计的具体场景，要以侦探的思维去观察，包括屋里的每一个物件细节。作为剧本设计者，你笔下具体场景中的那些重要物件，在剧本中都要"打响"。

空间是容纳故事的场所，所以要描写空间中参与事件的关键物件。为了人物或者情绪、趣味的需要，设计者可适当描绘细节。比如一个房间中电视上正在说因为国家的危机大家都在采购食盐，镜头一退，如山高的食盐摆在地上，这一定是剧作时就设计好的。又比如说前景灿烂的花是因为颜色的需要，那么作为剧本设计者是否要描述它?当然要。因为它代表了空间状态,比如光、构图、结构、空间之内的细节,这构成了小空间。

第一个跟剧本设计者有关的空间概念是场景。首先是,从戏剧的角度来说,确定具体场景时,在选择好时间之后,选择哪个空间?这个空间就是通常所指的"场"。在"场"里面,空间如何构置?内景还是外景?白天还是黑夜?它的氛围是什么样的?

剧本设计者要有调度人物到任何场景的权力,因此要想一想这场景是否必须。这场景里头能借助什么东西表达、加深或阻碍人物关系的进一步拓展?要懂得根据人物和故事的气氛来设计各种场景。凡是被认为可有可无的场景,那一定是无须存在的。

剧本设计者有时候也要确立一个故事应该有多少个主场景。一部常规电影 120 场戏里面,可能只有 40 个场景。在这 40 个场景中,例如教室是主场景,那么 120 场里头有 40 场是在教室里头,有 10 场是宿舍的,还有几场是浴室的。主要场景与次要场景是按照剧本中出现的比例来确定的。剧本的主要场景与次要场景区分还是很明显的,比如李安的《比利·林恩的中场休息》(*Billy Lynn's Long Halftime Walk*,2016),主要场景无疑就是他们参加超级碗中场秀的得克萨斯体育场,次要场景是男主角的家,还有伊拉克战场。

剧本设计者要充分考虑到剧本形成电影时的预算,场面的大小及场景的多寡一般来说跟未来影片的投资规模成正比。《一九四二》(2012)的一个场景中,剧本设计者起初写着"有成千上万的难民在荒地里走"。制作部门就跟剧本设计者刘震云商量说成千上万这个"千"能搞定,这个"万"太多钱了,难以招架。刘震云就把剧本改

电影《一九四二》中逃荒的灾民

成"漫天遍野的人在走"。剧本设计者这样吐槽有他的道理,但是在任何一个剧本的设计阶段,都要考虑未来影像呈现的可行性。比如有人要设计一个小成本的爱情戏,在里面写太平洋海啸,或者南极冰山等,事实上在选择场景时是不可行的。在构置具体场景的时候,一定要根据未来制作的规模和预算来倒推。写"成千上万"或者"数百",当然从描写的角度来说,会给导演提供一种感觉,但很难给制作部门提供一个有用、具体的制片指引。

剧本中主要的道具和场景一定要清晰,例如墙壁的颜色很重要,或者某一道光很重要,都可以明确描述出来。虽然剧本被拍成影片之后,剧本设计者可能会发现他所谓的巧妙的或者是下功夫的设计基本上都不在未来导演的表现之中,但请不要郁闷,下个剧本还要这样设计。虽然我们一直强调剧本是未来电影拍摄时的蓝图,但也不要迷信你设计的剧本是完美无缺、一字不可更改的。特别是涉及空间设计时,导演在拍摄上具有完全的决定权。

剧本设计者如果有画故事板的能力,无形中就增加了和导演、制片人交涉的权力。或许在未来每个剧本设计者都会画故事板以后，文字剧本会被取消。1500个左右的分镜并且把对白放在其中——这是我们认为最应该、最标准的剧本存在方式。

在电影中，有时空间与时间需高度吻合。在这类影片的场景中，时间和空间不能错位，而且必须符合物理规律。剧本设计者让时空在场景中高度统一，令作品更加真实可信。在《钢琴家》中，时间是从波兰被入侵那天直至"二战"结束，空间基本被固定（其实是创作者把视点固定）在几个特定的场所内，例如被隔离的犹太区、钢琴家藏身之处的公寓、阁楼的废墟等。这些对时空背景具体真实的框定，让观众对影片更有切肤之感："二战"时期一个普通人的活命之路突现于银幕之上。

在《钢琴家》中主人公藏身的楼被坦克轰炸的段落，观众能感觉到导演波兰斯基固执于在严格的视点下展现空间。电影几乎全是通过主人公的角度来观看这场战斗，直到这场戏的最后，才切换到上帝的全知视角。在这个片段中叙述者的空间表述很纯粹，空间真正成为人物命运展开的规定情境。《钢琴家》严格遵循的视点限定让叙述者对空间的选择是有限制的，仅局限于主角所看到的一切，所经历的时空。这种在场感赋予了《钢琴家》无与伦比的真实感。大量限制而非全知视角下的空间展示大大增加了观众的代入感，历史似乎并非被讲述出来，而是被展示出来的，虽然观众内心也清楚这仅仅是一个故事。

🖉 空间参与叙事

空间不仅仅是故事的发生地,空间的特征能影响到故事的发展,但空间的功用常常被剧本设计者忽略,因为他们往往认为设计空间是导演的工作。剧本设计者往往重视时间设计,把空间视为依附地位。剧本的骨架是结构,而结构很明显是靠时间来建立的,毕竟如何有效安排 120 分钟的电影时间是剧本设计者的首要之急。其实空间有时比时间更直接地推动叙事,空间是可视的,能第一时间占领观众的眼睛,进而控制观众的心灵。

空间形成隐喻

电影《站台》《天注定》及《山河故人》贯穿了贾樟柯电影创作的前期与当下,地域跨越汾阳小城、中国乃至世界。故事的空间越来越国际化,但贾樟柯电影的人物还是一成不变的小镇青年,只是小镇青年开始走出汾阳,不过,个体的生命经验还是深深地烙有地域底色。无论贾樟柯的电影人物如何国际化地生活,以汾阳为圆心的故乡空间仍然在他的电影中扮演了重要角色。生活在哪里不重要,重要的还是"那个人"——与时代永远脱节但忠于内心的小人物。

《站台》的空间设定在汾阳。时间设定在"文革"刚结束的 1979 年至 1989 年的约十年时间里,早于故乡三部曲中《小武》的时代设定。故事讲述的是汾阳县文工团格格不入的年轻人。研究贾樟柯的学者白睿文曾表示《站台》是贾樟柯最有野心的史诗叙事作品。贾樟柯从来不求宏大叙事，历史事件不是直接给予叙事压力，而是通过地域空间、人物选择甚至流行文化很微妙地传达出来。通过这部电影，贾樟柯检视了 20 世纪 80 年代现代化进程中，在政治、经济、文化急速转变的环境中普通乡镇的变迁及小人物的浮沉。

大的空间选择汾阳后，在小的场景上，剧本设计者找到了城墙这个代表时代和地域环境的标志。对城墙空间的妙用，还可以追溯到中国早期电影《小城之春》，女主角周玉纹挎着菜篮子走在残破城墙上，这成为叙事者抒发内心情愁的妙笔，也成为这部被誉为东方电影美学经典杰作的典型空间。《小城之春》的时空背景为战争结束后满目疮痍的南方小城。而在《站台》中，一座迎接新时代历史巨变的城墙，俨然成为电影中最有分量的角色。县文工团的一对恋人崔明亮与尹瑞娟感情的几次转折巧妙地被剧本设计者设定在城墙的背景空间中。相同的空间，同一对恋人的三次见面却要表达不同的情感层次。叙事者让城墙这个独具地域特色的空间参与进了人物的内心变化，一如《小城之春》。

第一次城墙碰面，两人由城墙上相遇转到城墙下密谈，原因是城墙上尹父能看见。因为这段恋情不被女孩的父亲看好，从二人的对白中，我们也得知男孩缺乏承担这份感情的勇气。开阔的城墙上与私密的城墙下暗示了这一对恋人的矛盾心态。第二次碰面，导演利用城墙凹凸的空间造型让二人在同一场景中始终有一个被城墙遮住，二人边聊边交换位置，仍然保持用"墙"隔开。城墙作为物质性的实体，在这里化作隔开二人内心的心墙。第三次碰面，他们所站的位置被拱形的门投下阴影，尹瑞娟站在阴影中，崔明亮站在拱形明亮处，他们谈

图1：《站台》城墙空间，男女主角第一次碰面
图2：男女主角第二次碰面
图3：男女主角第三次碰面

论的仍旧是成为二人恋爱阻力的尹父,在这之后他们分手了。墙,密不透风、岿然不动,在这里影射了父权在空间中给人的压抑。[1]虽然导演在最后的影像表现中起决定性的作用,但剧本设计者在剧本设计阶段应该提示这种故事发生空间的存在。剧本设计者应该为导演提供更有意义的空间选择。

一些特定的类型电影讲述的就是超现实空间发生的故事,甚至全片都可以只用虚拟现实技术来完成,比如说《指环王》系列、《霍比特人》(*The Hobbit*)系列等。有些电影是实景与虚拟空间相结合,比如《盗梦空间》,这部电影需用具象的空间把人广阔无垠的潜意识表现出来,剧本设计者先得有一个具体的关于梦境的设置,在情境中规定梦境共有几层,它的每一层是什么样的,梦境的几层深度之间有什么关系。梦境与现实世界有着千丝万缕的联系,《盗梦空间》每一层梦境的设计都是基于现实中的空间,为了突出"梦",这层梦境与真实世界会产生一点变形。《盗梦空间》很好地突出了空间设计也可以是一种幻想之地。

银幕上的形象是最直接打动人心的,所以有时候表现心理还得向空间寻求帮助。比如《少年派的奇幻漂流》,影片即将结束的十分钟我们才知道,整个影片展现出的派和动物在海上漂流的故事是不存在的。实际上少年派的漂流空间就是模拟男主角的心理。少年派遭遇的海难是他无法接受的残酷生存真相,讲故事的人目的也不是给观众揭露生存极限的真相。我们看到的是一个略带童话色彩的故事,一个印度少年和一只孟加拉虎在深邃大海中求生,他们见证海难、浩渺星空、暴风雨、食人岛……当生命接近死亡的时候,也是人最靠近神性

电影《少年派的奇幻漂流》的海上奇观

的时候,所有的海上奇观等空间表现,都象征着派那时那刻的精神状态。可以说这也是一个充斥大量幻想空间的世界,虽然它们曾经是那么真实地存在在银幕上。《盗梦空间》与《少年派的奇幻漂流》再次证明,电影不仅可以扭曲时间,也可以创造空间,电影中的世界可以是完全超现实的自给自足的世界。

空间形成人物压力

规定情境下规定空间对人物塑造起辅助作用。人物有时候必须被放进特定的空间中,才能显示其特殊的性格。《钢琴家》中主人公席皮尔曼边逃亡边躲避德军,面临的是最基本的生存需要。他躲进城市里的各种房子,这些容身之所是他的庇护所,也是他当时处境的象征。我们清楚地看到随着战争的持续,席皮尔曼的日子越来越不好过。犹太家庭温馨的房屋、隔离区、朋友提供的藏身之处、废旧的老楼及废墟等,从一个空间到另一个空间,他的处境越来越差。这种空间变化也展现了主角身体和精神在战争中持续被摧残,并濒临崩溃的边缘。影片中所有空间和人物的命运都是紧密相连的,空间即是人物当时状态的写照。

因为空间对人物及故事的压力作用,许多电影会刻意创造一个封闭空间,来对人物进行人性实验,如《小岛惊魂》(*The Others*,2001)、《禁闭岛》。这种空间的架构一般是导演思想和剧本设计者创意的完美结合。

《大红灯笼高高挂》(1991)呈现的是缩微式封建男权中心的家庭悲剧。电影中很多镜头在渲染宅院的封闭、坚固和冰冷,大院的空

电影《大红灯笼高高挂》中的大院

间不太令人舒服，封闭的家族宅院牢牢锁住了女性的自由和欲望。四位太太像邻居一般分享着宅中几个房间，每天必须站在房间门口等候老爷决定今晚在哪位太太房间过夜。她们的房间就是她们在宅院中所占据空间的"领地"，女性被困在"领地"中等待男权的奖赏（比如"点灯"代表着宠幸）。电影充分利用了宅院空间的立体性，营造女性被圈在"家"中的压抑氛围。

空间形成人物关系

除了人际关系的规定情境以外，还有空间的规定情境这个概念。任何故事都需要几个人物来共同推动叙事发展，尤其是在以人物关系为重点的电影中。人物关系的转变与特定空间的塑造通常是结合在一起的，当空间开始产生压力，人物关系会产生质变。

在金庸小说《天龙八部》里，段誉跟王语嫣都掉进井洞里头，然后其他相关人士逐一掉进井里，这就是规定情境。情景喜剧及舞台剧都是规定空间、规定情境下的人物表演。电影《老井》（1987）中，孙旺泉与巧英能够突破爱情瓶颈，全靠那次塌方，把俩人困在"老井"这个封闭空间内。剧本设计者都要找到这么一个特定空间，并在其中发展人物关系，这种空间在参与叙事时是最有力的。电影《乌扎克》（*Uzak*，2002）和《四月三周两天》（*4 Months, 3 Weeks and 2 Days*，2007）是非常卓越的空间参与叙事的例子。

《乌扎克》是一个堂弟进城找摄影师堂哥的故事，一个貌似简单的琐碎生活故事，但《乌扎克》的空间压力做得非常之好。堂哥堂弟同住一个两居室，堂哥有他的压力跟生活，堂弟永远找不着工作。堂哥堂弟拥有不同教养、不同信仰、不同层次，但他们因为经济的问题必须在一个空间里头共同生活。在特定的空间之下，两个人的关系才有可能发酵。

《四月三周两天》的背景是：1987年，堕胎在罗马尼亚是犯罪行为。在这样的环境压力下，普通人堕胎成为一件几乎不可能完成的任务。故事围绕着两名女大学生的堕胎过程，把无形的社会压力及有形的空间逼迫表现得淋漓尽致。

当剧本设计者发现一组人物关系，特别是爱情关系，在平实的时空下无法产生化学反应的时候，一定要创造特定的"老井式"空间，让人物关系取得突破。《请以你的名字呼唤我》(*Call Me by Your Name*，2017)讲的是17岁少年与美国大学生的爱情，二人情欲的迸发是在意大利郊区的大自然中，户外空间大片的绿色特别适合表现情欲。

电影中的空间是一个虚构、组接的概念。对于电影的小空间来说，它不同于舞台剧，没必要首先对空间全貌进行介绍，剧本设计者一般只介绍最重要的、与故事有关系的内容。观众其实也并不期待了解一个空间的全貌，或许他们的联想能解决掉所有遗漏的问题，而花大笔墨介绍空间只会造成节奏的拖沓。剧本设计者在脑海里应该拥有一整套电影空间，但他又是通过零散、有省略、有意境、有鲜明指向力等几个要求来描述具体空间的。总之，剧本设计者设计一切，但只表现必需的。

空间形成节奏

剧本设计者要设计及提醒空间的变化,因为这种变化往往形成未来电影的节奏。"切"是电影中常用的表现时间过渡的手法,很多时候也用空镜来表现时间过渡。剧本设计者要给人留"气",经常需要一些空间的转换来喘气。剧本设计者可以通过内景与外景,日景与夜景的转换来形成未来电影的某种节奏。剧本设计者可能比观众更在乎情节、节奏和张力,而观众有时候需要的是喘气。

剧本里头需要留有让观众喘息的气口,因此也需要适度的城市空镜头。有些电影对外在空间也没那么在乎,是用台词跟动作构置起来的喋喋不休的电影,比如美国导演伍迪·艾伦的电影及冯小刚早年的电影。在这类"台词电影"中,人物永远在说,少有空镜头和所谓的其他时间过渡戏,但不代表它就没有让我们松气的地方。

剧本设计者在用空间表现时间过渡的时候:第一,要适当考虑到空镜头的作用;第二,要考虑到上下两个镜头转场的问题。有时候也可以通过物件进行空间的转换。

✎ 剧本的画面感

文字对空间的描绘是"无能的"

空间的力量是视觉性的,而不是文字的。

空间必须以视觉展现自己的力量,作为剧本设计者不要迷恋剧本中文字的力量。某种程度，电影是用画面讲故事的，而不是剧本中的文字，典型如《伊万的童年》(*Ivan's Childhood*，1962)的开头，那种怪异的空间传递给观众的力量是任何文字都难以达到的。

许多台词都是有巨大能量的，但大多数时候语言是无能的，比如《白鹿原》(2012)中的土地及《红高粱》中的红高粱。这些画面无须多言，一下子就能把观众拉到中国西北的空间。在这个时候，剧本设计者怎么设计也没有画面直接呈现出来的力量大。同样的道理，剧本设计者在描述一个动作片的动作时，文字通常也是无力的。在徐浩峰导演的电影里面，剧本设计者通过设计空间与人物对峙等方面展示了力量，如《倭寇的踪迹》(2011)及《师父》(2014)，特别是《师父》中，师父最后在胡同里刀挑各路高手的戏中，空间在其中扮演了重要的角色。

就空间的设计而言，剧本设计者应让位给导演，除非剧本设计者本人就是出色的导演。导演的任务就是打破剧本设计者完整的、有逻辑联系的空间构造，选择出符合他特殊口味的几个画面加以重构。这个时候导演就像一位优秀的园林设计者，他挑出他喜欢的几块太湖石、一片水潭、几只鸳鸯，当然还有假山，摆放成他自己的园林。从剧本就像建筑图纸的角度来说，剧本设计者虽然可以提供一个完整的建筑蓝图，但大多数剧本设计者会很悲催地发现，在完成片中导演可能只用了建筑蓝图中的力学结构，其他的任何装饰细节全部替换成了他个人的东西。剧本设计者最难的是在什么都没有的时候，创造出故事与人物，创造出规定情境，所以剧本设计者必须先复原故事的完整历程。而导演要做的是把完整打破，用剪辑的眼光去挑选其中最具表现力瞬间的画面，并把这些瞬间画面构成电影。

剧本设计者的空间感还体现在设计过程中，他能让电影在自己的脑海里从头至尾演完。剧本设计者设计完剧本，属于他的电影也就完成了。至于未来电影完成时是什么样子，那完全是导演的事了。

剧本是具象的图纸

一个好的剧本设计者应该做到每一行剧本未来就是一个画面——能做到这一点，我们就认为这是一名优秀的剧本设计者。

剧本的画面感很重要，是未来摄影及表演的纸面蓝图，它涉及的不仅是气氛问题，还有调度问题。在设计剧本时要考虑到调度，包括演员和镜头的调度。

诗人通常能把情感放在可视的画面中，设计剧本也一样。唐代诗人王维的一首《从军行》可用来参照：

> 吹角动行人，喧喧行人起。
> 笳悲马嘶乱，争渡金河水。
> 日暮沙漠陲，战声烟尘里。
> 尽系名王颈，归来报天子。[2]

这首诗是一个极优秀的分镜头剧本。此诗共八句，仅四十个字，但有声音（吹角、喧喧、笳悲、马嘶乱、战声）、人物（行人、名王、天子）、动作（动、起、渡、系、归、报）、时间（日暮）、空间（金河、沙漠、烟尘）、情绪（喧喧、悲、乱、争）等，诗中甚至还出现了类似电影中的道具（吹角、笳、马、名王颈）。每行只有五个字，但精准地向读者展现出诗人想象的画面。

王摩诘人称"诗中有画，画中有诗"。诗中的每一行，都可以拍成一个电影画面。诗人是通过对一次征战中最有表现力的画面的描述来进行叙事的，千年之前，他就是布列松"决定性瞬间"的文字践行者。

剧本有时候跟古诗一样，需要省略。剧本设计者应该用最少且最简约的文字，精准地描述出他脑海里设计的画面。剧本文字可以不像诗那样考究，但也需要剧本设计者具有相当的文字能力。

设计剧本的关键是把一个完整故事中无关紧要的时间删掉，留下有表现力的瞬间。在空间的选择上，剧本设计者同样需要选择有意义的空间。电影是需要想象力来重构空间的，库里肖夫效应也好，奥德赛阶梯的蒙太奇也好，都是通过想象力把空间连接起来，并进行比较，从而产生意义。

相对于时间的抽象性，空间更具象。电影中的空间大多数时候要还原真实世界的构图及色彩。时间和空间在电影中都是可以被延伸放大的，比如《大象》运用多视角的方法进行时间和空间的重复展开，既放大了时间，也增加了空间的维度。电影就是用这种放大的方式，多角度、多层次地展现了一次学校枪击案。

剧本画面感包括以下内容：

第一个是剧本设计者要有素描能力。爱森斯坦、黑泽明包括徐克都有相当的绘画能力，能把剧本按故事板的方式画出来。剧本设计者可以不做导演，但必须有导演思维。

第二个是剧本设计者要有场景调度的能力。不把一个场景中演员的安排跟摄影机的机位了解清楚，能设计好一场戏吗？提示机位对于一个剧本设计者来说或许是越轨行为，但要设计出一个深思熟虑的蓝图，有时候这是必须的。

第三个是剧本设计者要有画面的构图能力。梵·高对着星空的时候一定有一个未成形的构图存在，剧本设计者也应该有这样的能力。既然一个剧本是未来建筑图纸的蓝图，那么剧本设计者一定要清楚未来它的每一个构件是什么样的。构图涉及画幅、景别、光线、色彩、明暗、前后景等。当然一个剧本设计得过于细致可能会招导演的不快，但出现这样的情况也有可能是因为设计得不够好，提供更优质的创意或许会解决这种分歧。

剧本设计者的空间方位感：空间围绕视点建置

空间感也就是剧本设计者在场景中的方位感。

在设计一场戏的时候，剧本设计者假定自己在什么位置，视点的空间方位又是什么？如《北京遇上西雅图》，女主角对着一个美国签证官唱《单身女郎》（"Single Ladies"），这是人物的性格塑造。这个时候，视点在哪里？剧本设计者拥有方位之后，才能想象出人物活动的空间，然后再根据人物的空间位置来调度。

每一个画面都有一个注视者。设计剧本的时候，每一行都是一个画面，这个画面是从特定的视角被观看到的。剧本设计者在描述每个画面的时候，最重要的是人物。首先要设计主人公的空间位置，人物之间的站位关系，他们的起始位置跟终结位置的变化等，这些必然会涉及调度问题。调度的设计需要根据电影类型、人物的角色设定来把控。

故事顺着谁的动作线来表达很关键。在《致我们终将逝去的青春》中，根据女主角这条线来切入负心男后面的故事。围绕女主角的视点，设置了人物关系，设置了空间位置，并形成戏剧性。一切空间构置其实都是以女主角为核心的，所以说剧本设计者的方位感其实跟叙事角度是紧密相连的。

很多导演崇拜空间的力量而藐视剧本的对白。《生命之树》是拥有一流画面和视觉力量的电影，但《生命之树》真不是个好理解的故事，《细细的红线》(*The Thin Red Line*，1998）却是一个精彩绝伦的故事。这两部电影的导演泰伦斯迷信空间的超级力量。

导演会蔑视剧本设计者，通常是因为一个导演能拍出剧本设计者写不出的画面，毕竟剧本设计者的武器只有文字，而导演能动用的武器众多，包括并不限于光影、动作、音乐及剪辑等。文字在描述空间的时候是无能的。有时候剧本设计者必须把空间的交给空间，把画面的交给画面。

剧本设计者的空间感也和调度有关。"调度"一词出自戏剧舞台，延伸到电影中是指处理空间中演员和摄影机的位置关系。作为剧本设计者，你要清楚你设定的空间中演员的位置是怎样的？他的行动路线是什么？在剧本阶段，剧本设计者必须明确人物与空间是怎样互动的。有些电影理论者认为剧本设计者在剧作阶段切忌提供摄影机运动的指引，他们认为这是剧本设计者的越权。

陈凯歌的《妖猫传》中"极乐之宴"是影片的题眼，空前绝后的盛会在花萼相辉的楼内封闭空间举行，内饰精美，酒池穹顶，美轮美奂。镜头动感绚烂，真把"极乐之宴"无与伦比的快乐用摄影的技法与空间造型完美展现出来，这些都是让剧本设计者垂涎的导演工作。

数字时代需要某种超想象力的调度，这需要剧本设计者更多地参与其中。比如《悲惨世界》中拉向天空的长镜头以及无缝剪接，《赎罪》中的战场长镜头，实际上从操作层面上已经不只是演员调度和摄影机调度的问题了，我们暂且称其为想象力调度。

剧本设计者应该拥有这种空间想象力，并能用文字尽力描述出来。

小　结

空间的完整性事实上在大多数电影里是被打断的，同时又被伪造成连贯性幻觉。数字合成技术出现以后，空间虚构似乎变得更简单随意了。

省略的空间跟省略的时间是一个意思，但是像侯孝贤这样越需要靠大家想象力来填补空间的电影，就越需要观众更多地参与。不过，让观众过多参与电影是商业电影的禁忌，越商业的电影是越不需要现场的发挥、互动、想象力的，而是让观众坐在沙发上，变成一个没有思维的"土豆"。商业电影塑造这样的观众，这是好莱坞的入梦机制。

《一代宗师》这样的电影难以通过一次消费就获取全部信息，因为它有很多省略，需要观众开动脑筋，每看一次都会找到一个填补空白的地方。巴赞曾表示法国"新浪潮"要摆脱好莱坞式的意识形态控制，作为知识分子的导演他们需要关注空白的地方，需要意义的暧昧性，所以他们关注的空白跟爱森斯坦他们由剪切产生的空白是不一样的。爱森斯坦产生的空白是目标明确地传递给观众的，因为剪切以后是将单一的意义直达消费者的，而巴赞认为因为镜头时间的连续性、空间的完整性而产生的空白，对一个镜头有多重意义的作用。好莱坞认为需要控制观众的视线，而巴赞更希望观众拥有更多的想象力和联想。

要回到一个剧本设计者的幻想之地——故事背景之地。每个电影都是自己的一个小宇宙。电影就是要幻想一个江湖出来，有时间上的江湖，也有空间上的江湖。贾樟柯的电影《站台》，就是创造那样一个世界——那样的一个背景、那样的一个人际关系、那样的一个时间背景——所以它必然具有它的虚构性，同时又有空间及时间的纪实性。

一个剧本设计者如果有画故事板的能力，就增加了一个非常大的可以和导演交涉的权力。在剧本设计阶段要引入故事板的概念。或许未来每个剧本设计者都会画画以后，文字剧本会被取消。未来的剧本或者只以故事板的方式存在：1500 个分镜，配以对白。当然这需要剧本设计者都拥有相当的导演才能。

《银翼杀手 2049》的造梦师——也许那就是剧本设计者在 VR 时代到来时的完美化身。

注　释

1 这一段关于《小武》的三次见面与城墙的关系论述及配图，参阅白睿文的《乡关何处》，桂林：广西师范大学出版社，2010 年 1 月第 1 版，第 94—100 页。
2 刘以林、西尔枭编：《学校传世藏书文库：中国文学：王维诗选》，呼和浩特：内蒙古人民出版社，2003 年 5 月第 1 版。

⑦ → 类型

⑦ → 类型

⑦ → 类型

剧本类型与电影类型不一样，剧本依据不同叙事元素的侧重性（有着具体的叙事策略）形成类型。电影类型兼容了多个创作方面的特质，如摄影、表演、美术等，而剧本类型更多地专注于叙事，专注于故事、人物、情节、视点与结构等。不同的电影剧本总会有不同的侧重点。根据剧本强调的内容，剧本可以分为以下五类：

事件类型：用一个核心事件的起承转合来建构一部电影，以好莱坞经典三幕式剧本为典型；

人物类型：强调人物的呈示和人物的当下状态或生命历程，以一部分艺术电影和传记片为典型；

人物关系类型：故事推进、目标设定和一组特定人物关系紧密相关，大量的爱情电影都是这个类型；

史诗类型：画卷式展现时代面貌，人物命运与历史紧密相连；

情绪类型：淡化情节性，有着独特的美学风格及鲜明个性。

不同剧本类型具有一定的互斥性，这种互斥性是由于叙事策略的差异化，如事件类型要求叙事单元逻辑上的完全连接，而人物或史诗类型中的大量叙事单元无意也难以进入一个围绕中心事件的叙事逻辑环之中。

一些优秀的电影剧本又往往是几种剧本类型的结合。一个剧本的侧重点／创作核心可能不止一个，人物类型与事件类型结合形成了《银翼杀手2049》这样具备艺术电影质感的类型化电影。在事件类型剧本中，一组人物的爱情关系作为副线是故事最常见的配置，这样的设置往往能够使电影在众多主故事趋同的情况下具备独特性，人物关系具备推动剧情的能力，甚至是关键剧情的推动，如《黑客帝国》。各种剧本类型有着各自的叙事策略，然而这些策略的求新求变历来是有野心的剧本设计者所竭力追求的。

五种剧本类型

事件类型

典型的好莱坞商业片经常会采取的模式，有时也称情节类型剧本。关于情节的剧本经常是最商业性的，也就是说虚构性最强的，往往超出生活经验范畴的，它可能是真实发生的历史事件，也可能是纯虚构事件。比如《珍珠港》(*Pearl Harbor*，2001)，写"珍珠港事件"的来龙去脉；再如《疯狂的石头》(2006)，导演将一块石头演变为一个事件，通过它把几个有趣的人物勾连在一块。

麦基在《故事》中提到的"大情节"概念，基本可以囊括事件型电影的特点，这种故事模式也被麦基称为"经典设计"。来自外部的冲突始终是强情节类型剧本的关键力量，围绕着核心事件展开整个故事。叙事强调逻辑关系，电影的起止按照中心事件发展铺排，核心情节是首要的，可以画一条情节线出来，各个情节点之间是精密设计的时间及逻辑关系。区别于传记片等根据时间来架构叙事时间的"编年式"类型，事件类型剧本的起点和终点在于故事事件的起始和终结，同时电影需要围绕一条连贯的时间线进行密集且具备因果关联的情节编写，往往具备外化的矛盾冲突。《寻枪》中的马山就叙述了一个失去平衡的主人公围绕着"丢枪寻枪"这个核心事件，努力在寻回自己的故事。事件型剧本都需要一个核心情节，这个情节可能是引发事件，同时也是关键事件。

《鬼子来了》中，一个日本兵俘虏被寄放在中国乡村，以马大三为首的村民在就是否保管、处死及最后交换这个日本兵俘虏上，产生了意料不到的后续事件。故事的核心是俘虏，一切根源都是俘虏被扔在村里。最后故事的解决方案，是这个俘虏砍了马大三的头。当然在描述这个事件时，中国村民与日本俘虏的关系，以及主要人物马大三的人性，或者说中国村民的本性，也被揭示殆尽。情节型剧本通常更强调情节的推进，姜文的另两部电影——《让子弹飞》及《邪不压正》都是同类剧本类型。

与情节型剧本背道而驰的是弱化情节的剧本和编年体剧本，这两个策略与一些艺术电影、传记电影及史诗电影有关，在这些电影中不一定需要陈设中心事件，不需要永远环环相扣的因果关系，可能通过编年的方式来讲述人物生命历程及时代变迁，这些都是与商业电影的剧作法则背道而驰的：模糊因果、被动人物、外在冲突被压抑、开放式结局等，比如侯孝贤的《悲情城市》，更遥远的是连连贯现实都被打破的电影，如《去年在马里昂巴德》。事件类型剧本是以好莱坞为典型的主流商业电影的绝大多数剧本形态，也是剧本设计者最常用的剧本形态。

人物类型

关注人物实际上是每一个剧本必须做的，这种类型剧本中的人物可以是一个也可以是多个。观众能记住一部电影，往往并非因为电影的场面或情节，而是某个生动的人物。《活着》中，在龙二被押往刑场枪毙时，因输给龙二所有财产而自觉捡了条性命的福贵狂奔至小弄堂，假装小便立于街边，听到不远处传来的几声清脆枪声，让他禁不住颤抖几下背部。人物这几下背部的颤动，能穿透时空的阻隔，让大时代中小人物命运的无力感跃然眼前。因为这个细节，观众记住了福贵这个人物，也因为这个人物，观众记住了《活着》这个故事。

《七武士》中，无论武士，还是农民、盗匪，甚至是寥寥几笔的村里长老，都呈现出丰富的人物内在。这部电影是讲述人物的剧本类型的集大成之作。一处人物细节或台词，往往能让观众记住一个故事，就像人们回忆久远的童年时代，往往不记得什么大的事件，只记住了某些场面、细节或情境。

在一部电影中，人物的一个眼神能让观众与其心灵相通。比如《她》中米歇尔被蒙面暴徒强奸后若无其事打扫现场的动作。故事讲述者用这些看似"闲笔"的戏赋予人物丰富的内心，让观众怜悯人物。这种人物状态是因为了不起的演员、了不起的导演在一个了不起的氛围中才能呈现出的。观众即使忘掉电影的故事，这些人物也会因为这些光彩夺目的瞬间，永远被镌刻在记忆的罗盘上。了解一个个体难于了解一个世界。现实中的人是无法被完全洞悉的，但故事中的人物可以被全方位地呈现。故事的奇妙之处就在于，通过影像、表演及台词，观众能越过历史及地域的限制，进入人物内心。如谢飞导演的《本命年》(1990)，写实地再现了 1990 年左右一个北京胡同青年的生活及困惑，同样的电影包括贾樟柯的《小武》、高志森的《南海十三郎》(1997)、保罗·范霍文的《她》等。这些电影中，人物被深刻而完整地呈现，观众完全被代入故事，深入到人物内心。故事能虚构人物，但又能让观众觉得他/她恍惚存在于生活中。通过这样代入感强烈的故事，我们了解了人物，并对人物所处的时代与空间抱有独特的感知。这些都是人物类型剧本的代表作品。

人物类型剧本设计在传记电影中更为常见，如《女王》(*The Queen*，2006)、《钢琴家》、《莫扎特传》(*Amadeus*，1984)、《甘地传》(*Gandhi*，1982)、《活着》及《七武士》等，还有大量的小成本电影，剧本往往都是关注人物的，如《小武》、《苹果》(2007)、《她》及《本命年》等。侧重人物的剧本，是很多艺术电影的特点，因为艺术电影并不是以全社会大众为受众的，同时因为投资小，回报压力小，有较多的创作自由，所以能够有机会呈现复杂的人性。

在《艺术电影的叙事》中，大卫·波德维尔论述道："在人物因果关系上的含糊促成了一种以多少带有偶然性的一系列事件为基础的结构形式。如果说好莱坞的主人公是直奔目标的话，那么艺术电影的主人公则表现为被动地从一种情境向另一种情境的滑动……如果说古典主人公是在奋斗的话，变化无常的主人公走的则是一条综览影片展现的社会生活图画的旅途。"[1]

我们可以看到艺术电影的特征——被动的主人公游离在缺乏因果连接的松散场景之中。在此类剧本中，人物大于事件，也就是说叙事单元的着力点不是为了某个事件的起承转合，而是为了人物的全方位呈现。纵向时间讲述人物生命历程、横向空间讲述人物状态和侧面的呈示，都在此列。典型的如贾樟柯的《江湖儿女》（2017），虽然有一个枪击的"核心事件"，但这仍然是一部"人物类型"，或者说是人物类型与人物关系类型相结合的剧本。

叙事围绕人物而非中心事件

中心事件的缺乏是显而易见的，因为这类剧本并不以某个事件的起承转合为结构。强调人物的剧本有一个鲜明的特点，即所有的事件及人物关系设定都围绕着一个人物，这意味着因果的淡化，人物不需要只围绕一个中心事件推进。即使有一个关键事件，但剧本设计者的重心也不在这个事件上，而在于围绕这个事件的人。

这类剧本同时也需要为主要人物设置多个配角，借以对人物进行全方位揭示，这种揭示不是为中心情节所产生的解释性叙事构成，它们的最高目的是人物的呈现："如果你的人物占据了生活圈的中心，并且所有其他与之有互动的人物都围绕着他，那么，每当有人与主要人物发生互动时，其他人物就会揭示或阐释主要人物的不同侧面。"[2]《黄金时代》（2014）中描述了与萧红同时代的多位人物，他们因为与萧红的结交而进入叙事，并在叙事过程中对萧红进行评述。范霍文的《她》中，在人物关系图谱上，我们能看到米歇尔与母亲、父亲、儿

电影《黄金时代》

子、前夫、闺蜜还有下属的关系,一切都以米歇尔为核心,事件当然也是以米歇尔所经历的为主。

存在主义、精神危机和临界处境是人物类型剧本的重要背景。人物类型剧本总是要设置一个人性的实验室,让人物感受各种极端考验,以突现人性。马丁·斯科塞斯的《出租车司机》中,退伍主人公在破败的都市丛林中面临精神危机,最终在片尾爆发出恶性杀人事件。电影受到法国新浪潮及意大利新现实主义的影响,在叙事上引入欧洲艺术电影的手法,对经典好莱坞进行了改良,对人物心灵的关注便是其中一个重要的改良倾向。在《出租车司机》中,电影前半部分用大量的时间讲述了这位前海军陆战队军人的无聊生活,叙事因果关系淡薄,更多的是事件在线性时间上的叠加,人物的冲突是内在的,虽然最后冲突的爆发极其激烈和外化。

2017 年的科幻电影《银翼杀手 2049》在科幻类型电影外表之下，也是一部人物主导型的反类型化叙事的艺术电影。电影讲述了复制人 K 在执行任务时发现了一位复制人有生育功能并且生下了孩子，K 的上级命令 K 消灭这个会影响人类社会稳定的证据。在毁灭证据的过程中，K 发现自己可能是那个被生下的复制人孩子，最终被复制人反抗组织告知他只是那个孩子的一个分身——是一个既可以混淆当局视线，又可以在适当的时机被使用的棋子。K 最终将上一代银翼杀手——自己曾经以为的父亲——送到了真正的复制人"圣子"身边，自己却因为受伤而在大雪中慢慢死去……

电影有两条叙事线索：复制人与人类华莱士公司的斗争，K 在此过程之中对自己身世反复的发现与推翻。从发现复制人有生育能力的

电影《出租车司机》

证据到复制人的反抗,这是一条严密的情节线,然而电影并非完全按照"复制人 vs 华莱士公司"这组强情节性对立关系来编织叙事,电影用了大量笔墨描绘主人公复制人 K 的个人生活,K 身上背负的矛盾是寻找自己的真相以及面对自己的"存在主义困境"。他的核心冲突是内在的:他将如何确认自己的身份以及存在价值?故事脱离了事件层面,而进入人物的内心层面。

K 一直以来想解决的问题是自己的身份问题,这是他的人物目标,与女友虚拟人乔伊的情感线印证着他与人相同的情感性与身份的虚妄。K 进行的并不是好莱坞作品中一般意义的"英雄之旅"。在"英雄之旅"类经典剧作中,K 应该被授予石中剑并成为反抗事件的核心人物,如《黑客帝国》中的尼奥。但在《银翼杀手 2049》中,我们看到男主角 K 甚至没有和最高反派进行正面的决斗——这是好莱坞类

电影《银翼杀手 2049》中新老两代银翼杀手对峙

型电影中极其罕见的现象，男主角自始至终在这场斗争的外围，他也不需要在这场斗争中发挥其个人英雄主义。这是一个存在主义的现代故事，他要解决的是人物内在的精神危机。

一些讲述人物内心冲突的电影用非现实的叙事场景将人物的内心挣扎具象化，《八部半》（8½，1963）、《爵士春秋》等电影则聚焦艺术创作者的精神危机，电影大量引出非现实时空的幻觉，人物的心理空间在叙事中极大地扩张呈现。注重人物内在冲突、影像化地呈现心理空间及叙事的心理逻辑取代因果逻辑，是这类电影强烈的叙事特质。

多义性的人物

以人物为创作主导的剧本往往有着大量"闲笔"和主题多义性，剧本并无意于某种确定的意义表达，而专注于人物个人的表达。人物内心的完整传递取代了单一的价值判断。

很多好莱坞电影将物质世界的"成功"与人物美德确立为一组矛盾，人物常常追逐世俗意义上的"成功"，以致其在家庭生活/情感生活/自我美德上陷入挣扎与失败，最终人物进行自我修正，对美德的追求和对家庭的回归取得了胜利，如《华尔街》（*Wall Street*，1987）。

明确的价值观及人物成长是好莱坞经典电影的标准配置。好莱坞经典电影中的一切都在观众面前清晰明了，它们通常以具备明显缺陷的人物为基础，以人物在动作线中的成长来形成人物弧光。好莱坞经典电影的价值谱系是明晰的，电影在主题和道德价值上的判断紧靠当时社会的普遍价值，而且往往更保守。

在《她》《小武》这样专注个体生命的电影中，并不会存在一个确定的价值观判断谱系。《小武》无意为小城中的扒手开脱罪名，《她》呈现出的性侵受害者形象也区别于一般影视作品中全然无辜的脆弱的受害者。此类剧本无意判断人物在世俗和大众舆论语境下的道德品质，如果说在好莱坞经典电影中，人物存在着正面和（可修正的）负面两种状态，最终人物在自我成长之后，将自身的负面修正，从而达到大团圆结局，那么在《她》《小武》等艺术电影中，电影并不会刻意赋予可以供人物成长的所谓"人物缺陷"，人物本身在世俗意义的价值观上便是难以被认可的，也无法用某个技术化的戏剧情境使人物最终"成长"。也就是说，人物类型剧本中的人物，可以只是存在，没必要成长。这类故事也必然违背坎贝尔的"英雄之旅"的推定，不以成为英雄为目的的个体必然没有回归。

传记电影

侧重人物的剧本有许多是人物传记电影。《钢琴家》是根据波兰钢琴家瓦拉迪斯罗·席皮尔曼的自传体小说《死亡城市》改编的。世界电影史上出现过许多优秀的传记电影，像《莫扎特传》、《弗里达》（*Frida*，2002）、《辛德勒的名单》等。相比较而言，中国优秀的传记电影很少，早年有《武训传》（1951）、《林则徐》（1959）等，但都具有过于浓郁的意识形态色彩。中国有许多传奇的历史人物，但缺乏有分量的传记电影，其实是有文化基因的。

《孔子》（2010）并不是成功的传记电影。孔子作为历史人物，主要身份是教育家，而完成的电影却突出表现他的军事政治才能；其次，孔子和南子历史上只有一次简单的会面，而电影却进行了极致暧昧的宣扬，显示了剧本设计者对市场的妥协，这种妥协又夹带着对观众趣味自以为是的认知。电影《孔子》完全没有把握住那个历史时期先哲孔子的困惑内心，而专注于八卦式的野史。陈凯歌的《梅兰芳》（2008）在体制和梅家的双重审查夹击之下，也很难接近真实的历史个人。虽然有《史记》司马迁的秉笔直书，但中国历史人物的传记电影难以摆脱"为尊者讳"的文化泥潭，很少敢像斯科塞斯在《基督最后的诱惑》中对先知进行争议性讲述。

人物关系类型

强调人物关系的剧本往往聚焦于一对人物之间的关系。生活中天然存在的戏剧化人物关系成为剧本设计者的首要创作对象，如爱情／性关系、敌对关系、朋友关系等。除了这些，还有人物和其幻想之物的关系、人物跟自己的关系（如《指环王》系列电影中的咕噜）等，任何关系都可以放置在剧本设计者要设计的人物之间。

人物关系对立是好莱坞的典型方式，对立会带来具有商业性的戏剧冲突，所以研究一组人物关系一定要去研究他们的对立跟统一。从人物关系来说，最多见的就是爱情／性关系，如《颐和园》。爱情关系经常也伴生对手关系，任何爱情关系中的男女博弈都具备敌对性质。《当哈利遇上莎莉》（*When Harry Met Sally...*，1989）、《我最好的朋友的婚礼》（*My Best Friend's Wedding*，1997）、《诺丁山》（*Notting Hill*，1999）、《恋爱假期》（*The Holiday*，2006）等浪漫爱情轻喜剧可以算是经典好莱坞时期神经喜剧的当代变体。爱情经典文本《罗密

电影《当哈利遇上莎莉》

欧与朱丽叶》则是"一见钟情,曲终人散"的典型例子,男女主角的家族是城中敌对的两大贵族。在《罗密欧与朱丽叶》中,男女主人公在一次聚会中一见钟情,最后因为私奔计划出现纰漏导致双双殉情。2003 年的电影《女魔头》(Monster,2003)也是爱情悲剧,两个女性产生同性情愫,最终以西尔比的背叛把这种关系推向冲突的巅峰,使观众对沃诺斯悲剧性的人生充满悲悯。韩国电影《触不到的恋人》(2000)、日本动画电影《你的名字。》(2016)则是"咫尺天涯"的代表:男女主人公在特殊时空力量的影响下在不同的时空发生沟通,产生情愫。

人物关系作为剧情推动

在这些人物关系中,关系双方共同推动着剧情的前进。爱情电影是最具代表性的人物关系电影,基本上所有的爱情电影都是人物关系类型的剧本。人物的相遇是纠葛的开始,人物爱情关系的最终确立则是电影的高潮。

主流商业电影中存在着大量爱情情节,但是这些叙事往往是主情节的副线故事,最典型的是《007》系列动作电影,邦女郎与邦德的爱情/性关系是观赏此类电影的重要佐料。

在设计人物关系的电影剧本时,人物之间的相互关系需成为重要的叙事动力,在叙事过程中人物关系不断变化,关系凭着线性逻辑向前发展。

强调人物关系的剧本需要人物关系转换给观众带来刺激,人物关系的转换推动了剧情的发展,形成了叙事的层次。有时时空的单一性使剧本设计者可以充分发掘电影的人物和人物关系,一些戏剧改编作品便在单一空间内的人物关系转换上大做文章。罗曼·波兰斯基的《杀戮》由同名戏剧作品改编,在影片中,两对夫妻相约处理他们孩子的打架事件,随着叙事的进展,在同一空间中的四位主人公(两对夫妇)针对不同层面的戏剧冲突,由一开始互为敌对到不断地进行拆分和结盟,展现了从两对夫妻的矛盾到女人之间的矛盾、男人之间的矛盾、夫妻内部的矛盾、男人与女人的矛盾,最后到众人的世界观矛盾——文明和野蛮的矛盾。戏剧作品会在限定的同一空间下尽可能地挖掘出戏剧性,而矛盾关系的转换则是电影《杀戮》最大的戏剧性来源。

在很多剧本中,人物关系作为副线存在,起着转变人物、传递主旨等重要作用。在大部分主流商业电影中都存在爱情关系。一组爱情关系作为主线故事的副线在剧本中是非常常见的,通常主线情节是动作性的,配上次要情节的爱情关系,以《黑客帝国》为代表的大量动作电影都是这样配置的。

关注细节和情感的次要爱情关系故事必须在关键时刻影响到主线剧情,《西游降魔篇》中,若没有驱魔人段小姐的付出与牺牲,唐三藏无法参透那本《儿歌三百首》,也就无法完成对孙悟空的降服。副线故事总是在人物低谷时对人物进行感召,副线故事是一把钥匙,是叙事破局的关键。大部分副线故事与电影的主题有着强烈的联系。电影《色,戒》中,核心动作线有两个:王佳芝被任命为间谍,在前方掌握暗杀目标易先生的动向;王佳芝与易先生的爱情/性纠葛。人物主线行动的发展与人物关系的发展相互促成。由于王佳芝间谍行动的进一步发展——需要"用身体"进行革命,导致角色心理与人物关系发展至新阶段;而人物情感关系的确认——易先生为王佳芝送上钻戒,并且嘱咐王佳芝可以放心戴着鸽子蛋上街,因为现在有易先生的保护,王佳芝受到情感的蛊惑,最终告知易先生暗杀行动,这条从荒谬到有组织的暗杀行动最终破产。副线的情感故事冲击了主线的暗杀故事,并取而代之成为故事的主线。

视点选择

在呈现一对人物关系时,两个人物在故事中总是交织的,视点的选择成为一个关键。在人物关系的电影中,因为电影的中心不再聚焦于单一的人物,那么多个人物便能够衍生出多个视角,使得电影层次更加丰富。剧本设计者可能跟着一组人物关系中的一个人物切入,也可能多人同时切入。如《致命魔术》中,叙述者以两位主要人物的两本笔记为视点引申道具,完成了故事在两个主人公视点之间不断转换的叙述。

在爱情故事中,双方信息的不对等、沟通的缺乏带来了寻求爱情过程中的最大阻力,许多爱情电影用视点结构手法呈现境遇的差异和沟通的无力。

单一视点是一种常规的做法,双视点便存在很多处理方式了。在很多爱情电影中,剧本设计者会呈现爱情双方的个人视点:国产爱情电影《北京遇上西雅图》中,线性的时间线上呈现了男主角和女主角各自的人物生活;视点多重聚焦是一种较为新颖的视点呈现方式,此方式指在叙事中对同一事件从不同视点展现多次,美国爱情电影《怦然心动》讲述了一对青梅竹马的恋人多年的纠葛,故事通过男女双方视角的交替,呈现了两人在相处过程中对同一事件的不同心境,《他和她的孤独情事》(*The Disappearance of Eleanor Rigby: Them*,2014)则分为上下两部《他和她的孤独情事:他》(*The Disappearance of Eleanor Rigby: Him*,2013)和《他和她的孤独情事:她》(*The Disappearance of Eleanor Rigby: Her*,2013),两部电影各自以男女双方为视点,对他们的情感生活进行了呈现;视点也可以在故事进程中进行转换,并不打断时空,同性爱情电影《请以你的名字呼唤我》以小男孩艾力奥的视点开篇,直到电影的中段开始,视点用电影视觉语言暗示的方式(景别拉近、特写)悄然地开始展露爱情另一方——奥利弗的立场与心境。

史诗类型

开阔的时空视野、与历史进程相对应的人物宿命式命运、深重的思考与文化底蕴是这类剧本的特点。剧本并不围绕某个特定的中心事件，而是用某个或者某群人物揭开历史／时代的横向截面或纵向发展历程，人或情节只有在特定的历史事件中才得以成立。这类剧本除了给人物塑形外，更重要的是对事件的历史表述。

在华语电影中，这样的电影有《一江春水向东流》、《芙蓉镇》（1987）、《舞台姐妹》（1964）、《霸王别姬》、《蓝风筝》、《牯岭街少年杀人事件》、《颐和园》等；放眼全球，《1900》（*Novecento*，1976）、《末代皇帝》（*The Last Emperor*，1987）、《豹》（*Il Gattopardo*，1963）、《战争与和平》（*War and Peace*，1966）、《日瓦戈医生》（*Doctor Zhivago*，1965）、《地下》等影史留名大作也在此类之列。在这些电影中，剧本设计者透露出强烈的历史表达欲望，并不拘泥于某个事件或者某个人物。

巨大的年代跨越和众多的人物带给剧本设计者更大的挑战，剧本设计者需要更多的社会、历史学识。在极大的事件跨度下，叙事单元接续的因果关联也被淡化。叙事单元以时间为连接，如《霸王别姬》中童年、少年为独立的篇章，之后又因为历史发展脉络导致的角色人生起伏进行切割划分：程蝶衣在抗战时为日本人唱堂会，抗战后接受审判，新中国成立后身怀绝艺却被冷落，"文革"时受到打压……

时代更迭带来的变化成为影响故事发展的最大外部力量，实际上此种策略非常强烈地区别于好莱坞电影中的"意志取胜"——人物战胜了自身缺陷之后取得胜利。历史往往成为史诗型电影碾压一切的力量，正如芦苇编剧的《霸王别姬》透露出个体在历史车轮之下的渺小及悲哀。

因果关系淡化的叙事策略不仅意味着大叙事段落依据时间作为连接，众多"闲笔"也成为淡化因果、弱化情节强度的一大特征。电影《悲情城市》和《牯岭街少年杀人事件》的时间跨度并不长，却通过大量的"闲笔"，展现了台湾地区两段历史时期的平民生活画卷。

在表述大历史的电影中，将历史"个人化"是最常规的叙事策略。这类电影中，历史以"个人史"的方式"复活"，以视点策略等意识形态缝合体系诱导观众沉浸与入梦，用时间作为电影叙事单元连接的同时，时间点的选取策略高度一致，都选用作为历史进程节点和国民记忆点的"历史时刻"。在故事中，时代的变化与更迭直接击打到人物的身上，通过时代构建人物，也通过人物窥见时代，这是史诗类型剧本最为强大的表象，也是史诗电影最大的魅力所在。

在表述历史的电影中，剧本设计者经常在真实与虚构之间完成对历史立场的表述，一个普遍的策略是以个人史的塑造来反映作者眼中的历史。个人史的虚构性塑造也表达了剧本设计者对真实历史的立场与态度，个体人物的命运与宏大的历史往往能形成对照。《1900》中农场主孙子阿弗雷德和农户孙子奥尔茂成了20世纪初期意大利阶级斗争的两个派别的缩影。《颐和园》的编剧梅峰曾经表示在创作《颐和园》时便存在着个人与时代的"暗合"："很少有那种情况，就是爱情上两个人的关系到发烧的那个程度。突然周围的环境也在发烧。一般我们说爱情就是两个人非常私密的一个事情。但是在那个时代我觉得我们每一个人的生活,在大学校园里的那个年代,都被周围环境给点燃了……我觉得整个的那是个大的环境,那么我们恰巧说的《颐和园》就是在那个时候发生的。"[3]

电影无法反映真实,只能直接或隐晦地反映剧本设计者的意识形态:"电影本文充满了表象性,以至可以使人信以为真(表象本身),忘记电影是一种模仿。此外,是意识形态活动构造着历史现实并赋予历史现实以意义的。电影所反映的,只是这种意义(历史现实的自我体验)。"[4]

当然,史诗类型剧本通常汇杂着其他类型剧本的特征。比如《霸王别姬》,既是史诗类型剧本,也可以说是人物类型剧本,因为电影主要是围绕着程蝶衣这个人物的浮沉来展开的,同时这也算是人物关系类型的剧本,程蝶衣与师哥段小楼之间的关系贯穿始终,他们这组人物关系(另类爱情关系)在电影中完成了相识、相知与最后的悲剧。

情绪类型

强调情绪的剧本类型是需要谨慎创作的一种剧本类型。偏向情绪的剧本需要独特的影像美学来支撑,因为情绪通常关乎影像风格。这类剧本的设计者往往也是电影导演,只有二者兼而为一,才能真正达到影像的内心化。这类剧本及电影在形态上往往是独具一格的,叙事策略也偏向内心。

情绪类型剧本首先是情节强度的弱化,在事件的挑选和呈现上极大地避免了强情节及外在戏剧冲突。即使故事有着巨大冲突的事件,

电影《小城之春》

剧本设计者也不去正面表现事件的因果及冲突,而去强调事件引发的氛围与情绪,不注重外在戏剧性,更聚焦于人物的内心感受,更多地提供"留白"时刻,让观众自行体悟。

在这类强调情绪的反情节电影中,情节完全被弱化,观众的注意力彻底从情节上被转移开:时间失去线性,事件失去因果。这是许多艺术电影喜欢采用的叙述方式。在电影《东邪西毒》中,没有围绕一个明确的线性时间,而是多个故事支配着电影时间,影片实际上也并没有一个核心的故事,电影的吸引力也不在于故事的推进,而在于人物内心的剖析。在这样一部武侠类型的电影中,如此反情节、反事件、反冲突,必然导致观众在接受时感到困惑。在情节上更加颠覆时间及逻辑性的电影还有《妖夜慌踪》(*Lost Highway*,1997)、《去年在马里昂巴德》、《广岛之恋》等。

《悲情城市》也是一个情绪类型的剧本。像《悲情城市》这样叙述大时代小人物的史诗性作品,故事讲述者完全可以去叙述一个大开大合且充满戏剧冲突的故事,但讲述者反而聚集于人物内心,去描述大事件中各式人物的情绪。"二二八事件"是这个故事的关键事件,但对这个事件始末的描述,主要靠时任台湾省长陈仪的三次广播讲话来贯穿,叙述角度也是从事件旁观者小护士宽美出发,并没有进入事件的核心,也没有去渲染事件的场面。《悲情城市》更感兴趣的是人物在这个事件中的情绪反应,讲述事件对人物的影响远远超出事件本身。这种淡化情节的讲述方式贯穿《悲情城市》,影片始终保有一种故事局外人的感觉。这种节制的叙述并不以把观众代入故事为目的,而是专注于一种历史氛围的表达。在饱满的情绪中,人物的内心被放大和揭示在观众眼前。电影并不努力把观众代入故事,但它充分代入情绪。

电影《悲情城市》

小　结

　　以上五种类型的剧本经常界限模糊，情节、人物、人物关系、历史表达、美学风格与情绪等这些都是电影剧本普遍存在的叙事元素。剧本的核心是多重的，很难有一个优秀的剧本完全忽略所有这些叙事元素，而只注重一种。

　　剧本设计的不同侧重会导致剧本的不同特质。比如维伦纽瓦的《银翼杀手2049》显然是关于复制人K的故事，这个故事的核心事件是机器人生的孩子是谁、在哪儿。同样贯穿在全片中的是主要人物的精神危机，一种存在主义式的忧伤情绪弥漫其中——这是导演维伦纽瓦本身拥有的一种气质，如到处可见的下雨镜头，强反差的光分割画面，舒缓、冷静、克制的讲故事方式，这一切让电影展示出间离感，进而让故事充斥着迷幻的情绪特质。剧本设计者需要了解如何有机地把控这些叙事元素，叙述情节、人物、史观及某种情绪都需要具体的策略，这样才能设计出真正属于自己的独一无二的剧本。

　　剧本的设计需要一个核心表述，同时必须有趣味地表现事件、人物及思想。优秀的剧本设计者会更注重对事件的利用，比如黑泽明的电影《乱》（1985）、《七武士》及《影武者》（1980）都有很强的故事性，同时也浓墨于塑造人物。《七武士》中对武士及农民群像精准无比的描述，与村民和强盗对抗的事件冲突叙述完美地融合在一起。在这两部电影中，黑泽明显示出无可比拟的故事讲述能力，可是到了晚年，黑泽明导演的《梦》（1990）、《八月狂想曲》（1991）等，却完全抛却情节及事件，对人物跟人物关系基本也采取漠视态度。讲故事已不再是黑泽明的兴趣所在，探讨人性中的多种可能，成为导演晚年真正关心的事。

故事再一次让位于哲学思考。

注　释

1　大卫·波德维尔：《艺术电影的叙事》，李小刚译，载《世界电影》，2000年第6期，第29—30页。
2　悉德·菲尔德：《电影剧本写作基础》，钟大丰、鲍玉珩译，北京：北京联合出版公司，2016年11月第1版，第56页。
3　张献民：《娄烨　自由的呈现》，载《当代艺术与投资》，2010年第3期，第57页。
4　郝大铮：《电影意识形态散论》，载《当代电影》，1989年第9期，第14页。

后　记

自 2004 年在北京电影学院讲授电影剧作这门课以来，我一直在自问：剧作理论到底对创作有没有指导作用？如果从我自身的创作经历来说，剧作理论似乎没啥用。

自 1994 年开始创作第一个电影剧本以来，我创作了不下 10 个 120 分钟剧本及 15 部左右的电视剧剧本。这之前，我并没有系统学过剧作理论，只在读研时上过 4 节共 16 学时的剧作课（文学系夏汉碧老师授课），也没有买过剧作理论书（为了备课翻过《电影剧本写作基础》及《故事》，当时没有细读）。

职业编剧与大学剧作教师的双重身份，我以为是分裂的。我似乎没有用我所讲的剧作理论具体指导过哪个剧本的具体创作，至少在意识层面是这样的。我一直有这么一个观点：剧本是经验、感性的，理论是抽象、理性的，二者泾渭分明。那是不同人不同脑子干的不同的事，如果有人同时能干这两件事，这个人一定是分裂人格。

如果抱着要学一点具体剧作技巧的朋友，读这本书可能会有些失望。因为这并非一本具体剧本写作技巧指导书。虽然我一直认为，写剧本只是一门手艺，是可以学习及训练的，也是正常智商人都能学习的技艺，跟开车游泳差不多。

开车游泳从书上或者只听人言语教授，是永远学不会的。

写剧本同理。

时至 2017 年，有两本书深刻影响到我，一本是坎贝尔的《千面英雄》，一本是赫拉利的《人类简史》。这两本都是关于"故事"这一主题的。赫拉利阐述了世间一切皆故事，而坎贝尔则具体分析故事直到神话的形成过程。困扰我二十来年的剧作理论是否有用的问题似乎有点解了：我认为对于一个编剧，剧本的观念，或者说对故事的理解才是至关重要的，而并非技巧。

2017 年，刚好又需要跟我 2015 级的两位研究生讲授电影剧作课，于是我借机梳理了积累十来年的《电影剧作》（原名《八小时搞定剧作》）讲义，又翻读了不下二十本的电影剧作理论书籍（主要是好莱坞的），也回顾了这些年自己的无意识创作历程及对电影剧本的理解。

于是有了这本《剧本设计学》。

这是一本关于剧本的理念而非技巧的书。

我笃信道在术先，所以并没有在书里讲述具体的剧作窍门（我认为除了反复训练也没啥写剧本的窍门），在书中主要是与朋友们分享我对剧本最基础观念的理解：写剧本是一个设计故事的过程。

在此我致谢后浪的编辑陈草心、徐小棠，后浪是我心仪的出版公司，也是她们的热情促成此书的出版。

我也感谢我的两位亲研究生——詹浩然与王妙甜。在研究生课程电影剧作课中，我们有过火花四溅的讨论，也感谢他们不辞劳苦地整理课程录音,并做了大量的资料搜集、配图及修订工作。

最后我要感谢这丰富多彩的世界。

我再努力,也设计不出比现实更精彩的剧本。

林黎胜　于北京立水桥

2019 年 8 月 16 日

出版后记

在媒介融合、数字叙事快速发展的背景下，我们应该如何理解与把握电影叙事的本质？《剧本设计学》提供了一个理解电影叙事学的全景视角，"人物""故事""结构""视点""时间""空间""类型"每个章节，既是对传统影院电影剧作理念的剖析，也为电影摄影本体论逐渐消亡语境下电影叙事的发展方向提供思考路径。

本书不仅关注电影叙事学的相关理论问题，而且在剧作实践方面予以指导。作者林黎胜老师将剧本比作"建筑图纸"，将剧本创作的过程比作"设计"建筑图纸，围绕"设计剧本"的理念，提醒读者注意剧本创作与文学写作之间的差异。在终稿交付之前，林老师多次修订，体现出传授知识的严谨态度，以及对电影剧本创作者与剧作课程讲授者身份的尊重。可以说，本书是林老师对近三十年来电影学习与积累、剧本创作实践、在北京电影学院教学经验的总结，相信读者在读罢此书后，一定能加深对电影叙事的理解。

在编校的过程中，我们与林老师多次沟通，以尽量确保书中的人名、作品名等为业界耳熟能详的译法，并保留外文原名，以便读者查阅、参考。对于书中的引用内容、片例与台词分析，我们翻阅了《故事》《电影剧本写作基础》《编剧点金术》《作家之旅》等多部电影剧作著作，并观阅原片加以确认，收获颇丰。相信读者在林老师丰富的文本案例分析中，也会收获良多。同时，对于编校过程中可能出现的错漏，也敬请读者不吝指正。

为了开拓一个与读者朋友们进行更多交流的空间，分享相关"衍生内容""番外故事"，我们推出了"后浪剧场"播客节目，邀请业内嘉宾畅聊与书本有关的话题，以及他们的创作与生活。可通过微信搜索"houlangjuchang"来获取收听途径，敬请关注。

服务热线：133-6631-2326 188-1142-1266

读者信箱：reader@hinabook.com

后浪电影学院

2020 年 7 月

图书在版编目（CIP）数据

剧本设计学 / 林黎胜著. -- 北京：北京联合出版公司, 2020.12（2021.7重印）

ISBN 978-7-5596-4636-1

Ⅰ.①剧… Ⅱ.①林… Ⅲ.①电影文学剧本—创作方法 Ⅳ.①I053.5

中国版本图书馆CIP数据核字(2020)第197914号

Copyright © 2020 Ginkgo (Beijing) Book Co., Ltd.
All rights reserved.

本书版权归属于银杏树下（北京）图书有限责任公司。

剧本设计学

著　　者：林黎胜
出 品 人：赵红仕
选题策划：后浪出版公司
出版统筹：吴兴元
编辑统筹：梁　媛
责任编辑：徐　樟
特约编辑：徐小棠
装帧制造：墨白空间・黄怡祯
营销推广：ONEBOOK

北京联合出版公司出版
(北京市西城区德外大街83号楼9层　100088)
嘉业印刷（天津）有限公司　新华书店经销
字数194千字　889毫米×1194毫米　1/32　8.75印张 插页4
2020年12月第1版　2021年7月第2次印刷
ISBN 978-7-5596-4636-1
定价：68.00元

后浪出版咨询(北京)有限责任公司 常年法律顾问：北京大成律师事务所　周天晖 copyright@hinabook.com
未经许可，不得以任何方式复制或抄袭本书部分或全部内容
版权所有，侵权必究
本书若有质量问题，请与本公司图书销售中心联系调换。电话：010-64010019

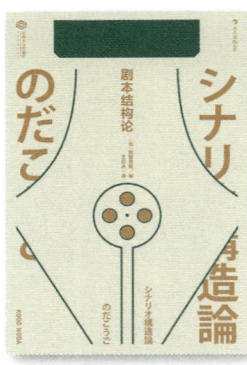

《剧本结构论》

シナリオ構造論

电影学院149

著　者：[日]野田高梧
译　者：王忆冰
书　号：978-7-210-11438-3
出版时间：2019.9
定　价：49.80元

超越时代的不朽名著，长销60年的编剧必读入门书

★ 小津安二郎御用编剧、日本传奇剧作家野田高梧
★ 揭晓"剧本料理之道"
★ 分享日本电影含蓄隽永风格背后的秘密
★ 界定"电影剧本"的独立形式、接轨东方美学

内容简介 | 这是一本在日本畅销六十余年的金牌编剧教程，凝结了传奇剧作家野田高梧的毕生经验。本书围绕"如何创作既能吸引观众，又有深度的好剧本"，阐述应如何充分发挥剧本的五大基本结构——开端、矛盾、危机、高潮、结局——的作用，并梳理了从日常生活细节中攫取灵感、发掘题材深度、引导观众感悟主题、运用叙事技巧、塑造有血有肉人物等方面的个人心得。本书援引了大量欧美、日本经典影片，介绍了黑泽明、川端康成、夏目漱石、谷崎润一郎等同时代名家的创作理念。通过阅读，读者可以一窥这位家庭题材大师的宝贵经验，领悟含蓄隽永的"小津调"背后的秘密。

作者简介 | 野田高梧（1893—1968），日本著名剧作家，被誉为日本电影"黄金时代"的开创者之一、"日式编剧术的先驱"。1924年，进入松竹电影公司蒲田电影制片厂剧本部，后成为该公司最具代表性的剧作家。1927年，撰写剧本《忏悔之刃》，这是小津安二郎导演生涯的处女作。1936年，出任日本电影剧作家协会的首届会长。1938年，与野村浩将合作的《爱染桂树》创下当时的卖座纪录。40年代后，与小津的合作更为紧密，二人携手打造了《晚春》《麦秋》《茶泡饭之味》《东京物语》《彼岸花》《秋刀鱼之味》等多部卖座经典，直至小津辞世。